在那裡的，是你嗎？

거기 당신?

尹成姬 著
王柏逸 譯

推薦❶

張開雙手變成翅膀守護你

讀《在那裡的，是你嗎？》

盧郁佳◎作家

有些幸福，不是我的。有些不幸，卻是我僅有的。那麼至少，我可以跟朋友拿它來開玩笑。等我能夠說出口，藉此把它看清，那時它也就成了我的寶物之一。

尹成姬短篇小說集《在那裡的，是你嗎？》，第一篇〈在迴轉彎處埋下藏寶圖〉天涯畸零人一眼相認，情比金堅，相知相守的童話快樂結局，彷彿李家同、歐·亨利，讓我懷疑尹成姬是個鄉愿濫好人。但稍細看，秒毀三觀。因她也總像提姆·波頓《牡蠣男孩憂鬱之死》那樣，用地獄哽講慘傷：

兩姐妹自幼喪母，在兒童心理學博士建議下，鰥夫父親每天各擁抱兩姐妹一次。後來姐姐人行道被車撞死，於是父親改為每天擁抱妹妹兩次。（蛤？機器人是你？）

●

父親不是不理女兒，是一輩子對人類狀況外。被機器人養大夠慘了吧？早著呢。〈兒童心算王〉中，小學四年級男孩平日是學渣，心算資格賽卻考了第二名，於是傳聞班導和他媽媽有染而放水。他憤怒委屈，大叫「沒這回事」揍造謠同學，明明是憑自己實力考的。於是他躲起來，用彈弓射傷第一名學霸的眼睛。

（蛤？很明顯你知道不是憑實力吧！）

他成功遞補出賽。回家大鬧，怪媽媽為什麼要出軌：「如果沒有那些謠言，我就不用拿彈弓射那個人了！」

爸爸兇他閉嘴吃飯。男孩悶頭扒飯，自我安慰：「還好人有兩隻眼睛，而不是一隻。」

（啊我不行了。原地去世。）

嘈點多到癱瘓。讀者先是佩服男孩洗白功力上乘。然後不對啊，爸爸被綠、卻沒發火翻桌。細思極恐：難道是爸爸叫媽媽色誘班導，就為贏心算大賽？這家人怎麼了。喔，我寧願不知道。

寥寥數行，反轉再反轉，這套閃電組合拳，足以稱霸脫口秀大會。尹成姬一開酸，就沒歐陽萬成的事了。媲美泰國天后威拉蓬．尼迪巴帕的《迷宮中的盲眼蚯蚓》，尹成姬字面上天真無辜，弦外之音卻手起刀落，猝不及防。到底多心狠手辣，性格多扭曲才有辦法這樣開嘲諷？但受苦的人當中，冷面笑匠意外地多。既然無法反抗命運……終究成了嘲弄命運的老司機。

●

作者擅長瑞蒙．卡佛式的客觀鋪陳、場景對位。然而在錯愕、滑稽、恐怖的三重奏中，透出辛酸的餘韻。

瑞蒙．卡佛《能不能請你安靜點？》〈鄰居〉中，夫妻旅行，鑰匙託給鄰居夫妻看家。鄰居夫妻沒錢出遊，在別人家裡扮演起別人，權充旅行。尹成姬移形換影，〈遲暮少年〉寫一對闖空門的小偷青年，一個進門就想睡，一個進門就餓，吃空冰箱。簡直嬰兒在抓周。「家」寄託眾人求之不得的理想，原來對於淋雨溼寒交迫的棄兒，家是溫暖床鋪；對於挨餓的窮孩子，家是熱湯飯菜。小偷曾是棄兒，成年後再次被拋棄。看著別人家牆上掛的全家福合照，吃著冰箱美味的剩菜，他對理想人生也有了積極奮發的藍圖：偷小孩。

為什麼不學別人養貓算了？然後我聽見自己內心呼籲：「偷竊代替購買！沒有買賣、沒有傷害！」並沒比較好。置身於尹成姬的世界，我承認悲劇無可挽回，只能看淡。

●

本書迴避殘酷現實的策略，一是幽默，一是童話筆調，把角色寫得像卡通人物般，怪得可愛，不帶威脅。〈在那裡的，是你嗎？〉女兒說：「母親說曾經看過有人因為吃烤地瓜噎死，所以她不吃烤地瓜。」、「在洗澡的時候被熱水輕微燙傷之後，只被媽媽允許洗臉。」這還好吧。

母親偏頭痛，報紙報導男子用橡膠槌治好偏頭痛，母親讀了也頻頻用槌子敲頭。父親受不了槌子的聲音，逐漸不常回家。女兒叫父親體諒，女兒自己「一邊聽著母親用橡膠槌敲打頭部發出的聲響，一邊跟著節奏背英文單字。」還好吧？

但〈那個男人的書，第１９８頁〉寫了幾乎相同的句子：女兒「一邊聽那聲音，一邊閱讀國語課本。」、「女人聽著敲擊聲念完小學一年級」。

原來當年鄰居家重建，蓋圍牆擴張。侵門踏戶，父親大怒，用錘子砸碎圍牆，界線往外，推回原處建新牆。鄰居拆牆，蓋回去，每月建牆都被拆。天天敲。一年後，鄰居找土地測量師，證明父親是錯的。

這看起來也沒啥意義。但，先前女兒回憶，她萬年落榜的弟弟，醉後哭著對她說，好想把手搗碎。每次考高普考，都想把手伸到車輪下輾碎。

●

女兒做圖書館員八年，嫌悶，好想離職。但每月要匯錢供弟弟當全職考生，不能辭，還得縮衣節食，圖書館、租屋兩點一線毫無人生。掙扎、拖延間，陌生少年上門求助。助人的契機，讓她有了餘裕，正視那些沒啥意義的往事，解開它們是怎麼纏繞成今天的困境。

弟弟為何變萬年考生，為何想自殘，小說不提。原本雲淡風輕，讀者不疑有他。但拼圖成形，讀者駭然。為什麼父親可以天天砸牆，不管街坊死活，難道不怕家人受噪音傷害嗎？明說父親怎麼對付鄰居，暗示父親怎麼對付子女。原來父親砸碎的不是圍牆，是子女的界線。父親越界控制子女的志願、職涯，子女反抗、把界線推回原位時，父親會一遍遍摧毀它，重新推進。

錘子、槌子，烤地瓜、洗澡，都是寓言，指向更嚴重、但她不說的事。兒子精神上的手（自主、動力），已被父親的錘子搗碎，杯弓蛇影，有心無力。在外人眼中，卻還是好手好腳，不懂他為什麼做不到。

父親瘋狂砸牆，兒子把電視聲量開大抵抗，女兒卻還能用功。女兒不是沒受傷，而是受的傷更隱密。

●

另一線寫，女兒每次看到附近的美容院便害怕。後來女兒在書上讀到，主角住在父親打造的房子裡，每天祈禱它倒塌。原來美容院的倒塌，就是子女如鄰居「找來土地測量師」那樣、確立自己的圍牆。美容院是被附身的軀殼，老家是飄盪的鬼魂，棲宿其中。少年是軀殼，弟弟是鬼魂。

對位手法就像瑞蒙．卡佛。他的《當我們討論愛情》〈為什麼你們不跳個舞〉寫車庫拍賣，離婚的屋主，把家具全搬到車道上變賣，組成另一個主臥室場景。陌生年輕情侶買主，走在床櫃之間相擁而舞，就是軀殼；在屋主眼中，召喚出夫妻當年熱戀的回憶，就是鬼魂，附身其上。

〈兒童心算王〉、〈有人在敲門〉、〈路〉、〈慢走，後會有期〉等各篇，把同樣手法玩得出神入化。尤其是家屋，尤其是建築空間。

〈在那裡的，是你嗎？〉中，母親對女兒的過度保護，也是倖存者的特徵。母親受環境控制，如驚弓之鳥，分不清虛幻的恐懼和真實的危險，什麼都怕。女兒對母親體諒包容，喪事喜辦「跟著節奏背英文單字」，因為懂得，所以慈悲。但這包容並非主動，而是出於罪惡感，最後困到自己寸步難行。

●

小說天真無邪的口吻，讓讀者滿足於童話結局提供的希望與治癒。然而意在言外，別有洞天。讀者一寸寸讀去，在安靜的心底，原本沉默的真相，會像氣泡般湧現。

人生不需要希望，只需要明白。明白何以致此，枷鎖應聲鬆脫。偶開天眼覷紅塵，可憐身是眼中人。尹成姬的黑色童話，話只說一半，另一半由你去孵，避免真相傷人，就像朋友張臂成翅膀，在暴風雨厄夜庇護受傷的人。最終，它給讀者的不是感傷，是應變的韌性。

推薦❷

平凡日常中的詼諧戲謔，以及低語呢喃後的震耳欲聾

林侑毅◎國立政治大學
韓國語文學系副教授

愛狗勝過愛兒子的父親，死後愛犬被兒子抓來吃掉（〈在迴轉彎處埋下藏寶圖〉）；面對威脅殺死所有人的醉酒病患，護理師要求先接受治療再來殺人（〈有人在敲門〉）；感謝阿姨逼自己練習跑步，終於在文具店偷東西派上用場（〈路〉）……尹成姫作家擅長以詼諧戲謔的筆法描寫平凡日常，以微不足道的事件帶給讀者強烈共鳴與衝擊，是韓國當代文壇上備受矚目的女性作家。這次首度在台灣翻譯出版的小說《在那裡的，是你嗎？》，呈現了她一貫經典的敘事筆法，讀來令人忍俊不禁，卻又不得不掩卷沉思，相信能帶給讀者不同於韓國大量療癒小說的嶄新感受。

尹成姬作家畢業於清州大學哲學系和首爾藝術大學文藝創作系，短篇小說《用積木搭

建的房子》獲選入一九九九年《東亞日報》新春文藝，從而踏入文壇。此後獲獎無數，最具代表性的有李孝石文學獎、黃順元文學獎、金承鈺文學獎、東仁文學獎、現代文學獎、韓國日報文學獎等殊榮，幾乎囊括了韓國文壇上最重要的幾大文學獎。尹成姬作家以小說創作為主，橫跨短篇、中篇及長篇小說，當然，她最為人稱道的，還是以周遭小人物為小說主角，細膩刻劃平庸而無可奈何的日常、窮困卻苦中作樂的自嘲、孤獨而互相取暖的辛酸、疏離卻環環相扣的關係。在她的小說中，平庸、窮困、孤獨、疏離的邊緣人最終迎來的不是皆大歡喜的結局，而是遭遇各種自願或非自願、接納或抗拒的複雜／單純事件之後，還得繼續下去的小人物的日常，這也正是尹成姬作家能夠引起韓國讀者強烈共鳴的原因。

此次大田出版首度引進尹成姬作家的小說，並起用新手譯者王柏逸，無疑是一場不小的冒險，然而筆者在收到書稿後，所有擔憂瞬間消散。王柏逸的譯筆流暢，字裡行間無不是譯者苦心孤詣的在地化翻譯，一掃台灣當今韓國翻譯小說令人尷尬的翻譯腔，鮮活地呈現尹成姬作家筆下的百態人生。筆者長年從事韓語翻譯教育與韓中文學譯本研究，有幸提前拜讀尹成姬作家第一本翻譯小說，又得以見證台灣韓中文學翻譯邁向新的里程碑，是以欣然為序。

目錄

在迴轉彎處埋下藏寶圖

我們望著山峰間的旭日祈禱。

心中湧起一股澎湃，我這輩子從未感到如此悸動。

當時站在我身旁的高中生說：

「姐姐，妳的臉怎麼這麼紅？」

1

聽說，爸爸在產房外抽了一整包香菸。雪花紛飛，電視播放街上的歲末光景，媽媽已經陣痛了八個小時。「再忍一下，再忍一下就好……」爸爸盯著時鐘不停地自言自語。他希望新年第一個出生的是自己的孩子，如此一來似乎所有好運都會降臨在孩子身上。店裡已經虧損好幾個月，距離冬天結束還有段時間，卻沒剩下幾塊煤球了。恰巧婦產科醫生說這間醫院新年的第一個新生兒可以免費看小兒科。姐姐在十二月三十一日晚上十一點三十四分出生。「要是再晚半小時就好了……」爸爸對護士說。「請不要擔心，肚子裡面還有一個呢！」護士說。爸爸聽到這句話後，對著時鐘吶喊：「再快一點啊！」我在一月一日零點三十一分出生。「要是早半個小時出來就好了，對吧！」護士說。

媽媽隨即被轉移到加護病房，爸爸坐在戴著呼吸器的媽媽枕邊，談起他的童年。爺爺是D市一間知名夜店的老闆，同時也是曾經風靡D市的柔道選手。「懷有強大的意志力」

是他對孩子唯一的教育理念，爸爸遵照他的教誨學習柔道、跆拳道和劍道。對剛出生八個月、體弱多病的父親來說，運動是一件非常吃力的事，隨著運動強度越高，爸爸的結巴也越發嚴重。爸爸輕撫媽媽的頭說：「很奇怪的是我每次在爸面前，嘴巴都沒辦法好好合上。不過最後卻還是把那句話說出口，我要離家出走了，再也不回來。連一點結巴都沒有。」

媽媽沒能抱抱自己生下的兩個女兒。葬禮一結束，爸爸揹著姐姐、抱著我回到他離開了十年的老家。爺爺依然是夜店老闆。「我會努力工作的。」爸爸這次也絲毫沒有結巴。爺爺把我們抱到兩邊的大腿上，我和姐姐不約而同地一起大便、一起大哭。爺爺非常討厭小孩子的哭聲。「出去住吧。」爺爺交給爸爸一把公寓鑰匙，那間公寓原先是爺爺買來送給和他交往的夜店老闆娘的。爺爺直到去世的那一天，都分不出我和姐姐。

爸爸總是很忙，每天都要和爺爺匯報前一天的業績，然而每次都被罵「該死的小子」。爸爸有七個同父異母的弟弟，全都在拖夜店後腿，所以經營的狀況始終沒有改善。有一個叔叔賣假洋酒到爺爺的夜店，另一個叔叔則是賣劣質的下酒菜，賺取高於原價五倍的暴利，還有一個叔叔透過介紹歌手到夜店表演來收取回扣。爸爸相當注重自己身為長子這件事，但是那些叔叔們根本不以為意。畢竟，他們的媽媽都不一樣，因此從某種角度來說，他們都是長子。

平時照顧我們的是住在隔壁的奶奶，因為她很喜歡鍋巴，所以姐姐就稱她鍋巴嬷。她的大兒子因為還不起數十億的債務而半夜逃家。那天，奶奶和鄰居朋友們去賞花回來，包包裡裝滿要買給孫子吃的香蕉。她沒按自己家的門鈴，反而按了我們家的，說要把買給孫子的香蕉給我們吃。鍋巴嬷常常打瞌睡，不管是吃飯、看電視還是上廁所都會睡著，我們把吵鬧的玩具都丟掉，學會安靜地玩耍。我和姐姐是彼此的玩伴，如果被別人問誰是姐姐，我們會同時回答：「是我！」如果被問到誰是妹妹，我們會同時指向對方。姐姐在前面走路的時候，我就在後面模仿她的步伐；畫畫的時候，姐姐會坐在我旁邊，我畫什麼她就跟著畫什麼。我們把這個叫做「影子遊戲」。搞混啦，又搞混了啦！鍋巴嬷拿給我們沾了糖衣的鍋巴，一邊說。

鍋巴嬷撫摸我們的臉龐，嘴上卻念叨自己孫子的名字。似乎是因為常常把「搞混」掛在嘴邊，結果腦海裡的記憶全都攪和在一起。即使我們已經不在鍋巴嬷面前玩鬧，她的「搞混」仍舊沒有減少。鍋巴上的白糖變成鹽巴、湯裡的醬油變成醋。鍋巴嬷做的飯變得不好吃了，我們就用牛奶代替，一天喝一公升，很快就長高了。

客廳鋪著一大塊有圓形、四方形、三角形圖案的地毯，我們有我們自己走地毯的規則：姐姐不能踩紅色、我不能踩綠色。在地毯上要避開紅色跟綠色是很困難的，所以我們總是踮著腳尖走，不知不覺身體就會晃來晃去。爸爸不懂我們的遊戲規則，把我們帶去中醫診所問：「她們走路都不太穩，是不是有貧血？」我們在牆中央畫了一條直線，姐姐踩到紅色的時候，我就在這邊貼一張貼紙；我踩到綠色的時候，姐姐就在她那邊貼一張貼紙。我們約好到了十歲那天，有更多貼紙的人就是姐姐。當別人問起那些貼紙的時候，我們就回答「做善事的時候貼一張」。聽到這句話的大人就會摸摸我們的頭說：「就算沒有媽媽，妳們也好好地長大了呢！」

有一次，我踩到牆邊的蒲公英，姐姐走過來拍我的後背說：「一張貼紙。」我們看著被踩扁的蒲公英會心一笑。從那天起，我們走路的時候也會玩這個遊戲，爸爸看到我們踩到蒲公英之後笑出來的樣子似乎受到不小的驚嚇，還打電話給兒童心理學的博士。諮詢的結果顯而易見：「這個現象會出現在缺乏愛的孩子身上，請你無條件地愛她們。」後來爸爸不管發生什麼事，每天都一定會緊緊地擁抱我們一次。

公車站前鋪了新的人行道磚，偏偏是紅色的。姐姐每次都小心翼翼地走那條路，以免碰到紅磚。她總踩在人行道邊緣張開雙臂走路，就像一個體操選手。外送炸醬麵的摩托車因為失速衝向她的當下，她還是一樣張著雙臂走路。我自己一個人上小學，爸爸每天都會緊緊地擁抱我兩次。我走在路上一如既往地不會去踩綠色，萬一不小心踩到了，回家就會在姐姐那邊貼一張貼紙。鍋巴嬤常常叫姐姐的名字，把目光投向我的後方。只有鍋巴嬤跟我知道姐姐就站在我身後。爸爸把鍋巴嬤送到醫院之後，知道這件事的人也只剩下我自己一個了。

爺爺在我高一的時候過世。犬蛔蟲鑽到眼睛和大腦，這個死因只告訴身邊的親友而已。因為對第一個在D市開夜店的人來說不算是個善終，所以爸爸在訃聞中對外宣稱的死因是心臟麻痺。爺爺晚年養了五隻狗，他沒有暖心地擁抱過自己的孩子，一次都沒有，卻總是抱著狗入睡。爺爺去世後，比起狗還不受寵愛的叔叔們把五隻狗全都抓來吃了。

就在……那裡。這是爺爺在病床上說的最後一句話。叔叔們對著氣息奄奄的爺爺問：「遺囑呢？放在哪裡了？」爺爺用食指指向天花板說，那……那裡。接著便說不出話了。爸爸守在殯儀館的期間，七個叔叔翻遍了爺爺的家，卻找不到遺囑。叔叔們互相打官司，這個家再也沒有人會稱呼爸爸為「大哥」了。爸爸把七個弟弟找到家裡來。「我對遺產沒興趣。」話畢，叔叔們面面相覷，露出難以置信的神情。「真的嗎？」年紀只比父親小幾個月的叔叔說。「真的，可是有一個前提。我能以放棄爸的財產為條件，打你們一人一巴掌嗎？」叔叔們到小房間不知道討論了些什麼，隨後便依次站好，向爸爸伸出右臉頰。爸爸給每個人都賞了一記耳光。

那天凌晨，爸爸留下一張紙條就離開家裡。紙條上寫著，每個月二十五號會匯錢，保重身體。我把它貼在冰箱門上。睡不著的時候，我會把壁櫥裡的棉被全部攤開來，在上面走來走去。有時候跳過紅色花紋，有時候跳過黃色，有時候則是藍色。時光飛逝，我高中畢業之後就到旅行社工作。因為再也不想接受爸爸的資助，所以去把銀行帳戶取消。取消帳戶的那個瞬間，隱隱有一種之後再也見不到爸爸的預感。

2

爸爸在火車上去世了。他的口袋裡只放著一張前往釜山的火車票，和四張一萬韓元①的鈔票。我辭去了旅行社的工作。這五年來，我一次旅行也沒去過，日復一日靠在椅背上，望著出遊旅客激動的神情，和他們一起歡笑。我買了張往釜山的火車票，車票上寫著第五節車廂二十五號，爸爸就是在這個位子闔上他的雙眼。以首爾站為起點，我往返於釜

①韓元與台幣比例大致約為40：1。

山與首爾之間，揣測爸爸的心臟是在火車經過哪裡的時候停止跳動。

和Q的見面是在第七次，我往返兩站之間的第七次。他閉著眼坐在我預訂的第五節車廂二十五號，好像是睡著了。於是我搖了搖他的肩膀。那個……這是我的座位。良久，Q還是閉著眼，他好像在哼著什麼歌，不斷地配合節奏用手掌拍打膝蓋。我俯視他長滿繭的手指關節。「我知道你沒在睡覺，麻煩你快點換位子。」語畢，Q噗哧一聲笑了出來，他那變得紅潤的臉頰與他的體格完全不相符。我們買了水煮蛋，把它分成兩半來吃。他喝一口汽水之後打了聲嗝。我從來沒有在別人面前打嗝過。給妳，喝完試一次看看。Q遞來他喝過的汽水。我把汽水整瓶喝光，然後打了一個很長很長的嗝，真涼快。坐在前排的男人往後看了看我。我和Q成為朋友。

Q不久前還是一名地鐵司機。他無法實現的夢想是開火車，所以找了一個最接近的來完成。他的父親曾經被火車撞斷一條腿，在Q成為地鐵司機的那天，他的父親舉辦了一個社區派對。社區裡的人都笑著對他們說：「地鐵就跟火車一樣啦！」那天，派對的酒錢比Q的月薪都還要多。開地鐵的時候，Q一天都會吃掉一整桶的口香糖。每當地鐵駛進狹窄而深不見底的隧道時，他總是會心驚膽顫。隨著經濟蕭條，落軌輕生的人越來越多。在Q駕駛地鐵滿一年左右，他碰到了一個身穿天藍色襯衫、黑色裙子的女人。在女人衝向列車的最後一刻，和Q對視了。「我這輩子都忘不了那次對視。好像只要我一閉上雙眼，她的眼睛就會清楚地浮現在我面前。」Q惴慄不安地眨動著雙眼，我不由自主地握住他的手。

那天，我和Q一起下車。「妳沒有行李嗎？」Q問我，我把雙手朝上一攤，笑了笑。什麼都沒有。突然想起D市的家裡門沒鎖，不過就算小偷知道了也無關緊要，家裡的東西閒置在那裡好幾個月，應該也會漸漸地黯然失色吧。Q幫我找了一份中式餐廳廚房助手的工作，他說這是他堂哥出國時交給他的店。我不怎麼會哭，所以切洋蔥什麼的應該還算能接受。餐廳大廚從十五歲開始就在中式餐廳工作，他切洋蔥的時候，還會像個小孩子一樣流眼淚。

打烊之後我們坐在廚房，一人喝了半瓶燒酒，下酒菜只剩下炒碼麵的湯。Q受失眠所困，我警告他不要用充血的眼睛盯著客人，畢竟本來客人就不多，把人家嚇跑怎麼辦。大廚聽到之後，立刻瞪了我一眼，他好像知道是因為自己煮的東西不好吃所以餐廳才都沒有客人。一到下雨天，Q就會包餃子，他包的肉餡餃子真的很好吃。據說他小時候是個愛哭鬼，但只要一聽到「餃子」就會止住淚水。「真的好吃，之後可以開水餃店了。」我大口吞下熱騰騰的餃子，並對他說。「這和我媽包了二十年的水餃相比，根本不算什麼。」他苦澀地冷笑。

我住在桑拿房。如果在桑拿房一次付一整個月的費用，可以享有八折的優惠，每天都可以洗好澡、睡好覺。住在那裡要是看到沒辦法放進個人儲物櫃的東西，就不會有想買的欲望，看到最新型的家電和漂亮的衣服也同樣不會心動。

有一次洗完澡出來，踩到了一名正在擦地板的女人的腳。喔！不好意思。她用一個「沒關係」的眼神看了看我。第二天，我不小心坐在正在疊毛巾的女人腿上。抱歉，我沒看到妳。我再一次向她道歉。第三天，我和走出澡堂的她相撞。我們並排躺在地板上，搓揉鼓脹的前額。「妳還好吧！」我在女人的額頭上敷了一條冷毛巾。還好啦，這種事常常發生。她無力地笑了笑。

女人叫做W，她給我看了許多她身上的瘀傷。「每天都會撞到別人好幾次。我靜靜地站著也會被踩到腳，踩到的人就會跟我說：『抱歉，我沒看到妳。』看來我的存在感真的很薄弱，大家都看不見我。」就像她說的，在撞到她之前，我也完全沒察覺到她的存在。而撞到她之後，我就在想，咦？怎麼會有人在這裡？

她在學生時期的綽號叫「幽靈」，坐在她旁邊的同學過了一個學期還記不住她的名字。曾經有次去班遊，班導師點名的時候把她排除在外。還有一次，她從二樓的窗戶掉下去，原因是當時班上有人沒看到她還在擦窗戶就把窗戶關上。據說，和W交往一年多的男友在跟她分手的時候，對她說：「我很怕妳，拜託妳以後別跟著我。」

W的媽媽是一位很有名的演員。她飾演一名丈夫外遇、拚命守護破碎家庭的憂鬱症主婦，引起人們的話題。W揚起嘴角笑著說自己是她媽媽成為演員之前生下的孩子，所以除了媽媽和外婆之外，沒有任何人知道自己的存在。不對，現在外婆去世了，所以只要我媽閉上嘴，就沒有人知道了呢！她望向空中喃喃自語著。她長得完全不像那位女演員，我聽著她的故事暗自猜測，大概是生父長得很醜吧。只要她的母親越知名，W的存在就只能更接近一個幽靈。兩年前，她的母親獲得演員獎的那天，W走在路上看不到自己的影子，她嚇了一大跳。

我和W經常去吃冷麵。在熱水裡泡半個小時左右，頂著溼答答的頭髮四處尋找冷麵店。吃很辣的食物會讓我的腦袋變得空白，而她卻很會吃辣。把充滿咬勁道的麵吸入口中，感受辛辣自口腔順著食道向下流動的瞬間，她說這樣「能感覺到自己還活著」。她總是攜帶自己做的超級辣的辣醬，冷麵一上桌她就加一些自己的醬料進去。我也漸漸一點一點地吃起她帶的辣醬。我們一起吐著火辣的舌頭，大大喘氣。辣椒粉對減肥有效的說法應該是真的，我就稍微瘦了一點。

中式餐廳沒有營業的時候，Q就會來桑拿房。W去工作的時候，我就和Q一起學瑜伽和爵士舞，渴了就會買甜米露[2]來喝。雖然很甜，但它凍得像結冰了一樣，喝起來會感到很清爽。家家戶戶一起來桑拿房的人越來越多，於是出現了很多具有各種遊戲的房間。W工作結束之後，我們三個會去遊戲室玩謠言遊戲、猜水果數字遊戲和抓豬的遊戲。人們會圍聚在圓桌旁擲骰子，積木倒了的話，就會傳出哇啊！還有太好了！的聲音。除此之外，還會到處傳來玩具氣錘敲擊的聲響。Q說他不喜歡沒有賭注的遊戲，所以我們每一場遊戲都會賭一千韓元，我曾經輸過三萬塊。贏最多的人會請喝海帶湯，至於為什麼桑拿房會賣海帶湯呢，我問過桑拿房裡小賣部的阿姨，她沒有回答我。喝完海帶湯之後，我們會各自散開，慵懶又舒服地睡個覺。我們一點也不關心外面的天氣如何，連天氣預報都不會看。有一次W躺在地上，Q踩到她的腳踝，甚至韌帶還拉傷了，但W還是一如往常地擺出若無其事的表情。

有一天，我們三個正在玩花牌[3]，一個看起來像高中生的年輕女孩走了過來。問，我可以一起玩嗎？「四個人玩的話就要『光賠[4]』了。」Q輕聲抱怨。光賠的人是W。打花牌很少輸錢的Q一直輸給那個女孩，他將自己錢包裡的一萬元鈔票原封不動地拿給她。說實話，妳是高中生對吧？高中生能賭博嗎？Q悻悻地指責女孩，濺出一灘口水。

那個女孩把雙手搭在我和W的肩膀上，低聲地竊竊私語。我告訴妳們一個祕密喔。其實我這裡有一張藏寶圖，想要跟我一起去找寶藏嗎？「離家出走的高二小女生說謊還真是不打草稿。」Q回應道。女孩打開錢包，從裡面抽出一張摺疊整齊的紙，那是一張畫工精緻的地圖。「難道我爸會平白無故，把這張地圖放在保險箱裡十年嗎？」她四處張望，生怕自己說的話被旁人偷聽到。越聽那個女孩的話，越覺得寶藏好像真的存在。畢竟如果不是這樣的話，那為什麼離家出走的時候她什麼都沒有拿，只是帶了一張地圖呢？我們思考到徹夜難眠。「相信一個謊言不至於毀掉我們的世界。」隔天，我得出這樣的結論。「真的有寶藏的話，我們要平分成四等分。」Q說出他想到的答案。W緩緩地瞥了我們一眼：「我們三個真的很無聊。」

Q告訴我們，為了以防萬一我們都要會開車。因此我和W花了兩個月的時間學習，考到了駕照。在這個期間，我們每天凌晨都去爬社區的後山，因為根據那個女高中生的地

---

② 甜米露，一種韓國傳統常見的夏季冷飲。以蒸熟的大麥、糯米加入酵母後發酵製成的甜品。

③ 花牌，又稱「Go-Stop」，由日本的「花札」傳入朝鮮半島，經規則改良成為一種韓國流行的紙牌遊戲。

④ 光賠（音譯），「光」為花牌中印有「光」字樣的牌卡。在韓國花牌中，以三人為主的遊戲模式最為常見。而文中的四人遊戲，則要根據花牌特殊的規則，使其中一人先離開該局遊戲，離開的那一個人因為無法參與遊戲，因此會獲得根據「光」的紙牌數量之金錢的賠償。

圖，寶藏在山頂上，這代表我們要有足夠的體力把寶藏揹下山。起初，我們只能爬到泉水邊，但過了幾天之後，爬上山頂也不會感到呼吸急促。

女高中生在我們爬山和學習開車的時候，負責去了解地圖裡的是哪一座山。Q透過國中同學買了一輛四人座的二手貨車。我去登山用品店買了四個大背包，因為Q想要睡袋，所以也買了一個睡袋送他。那天晚上Q去了後山，沒有回來。他說「這個睡袋太暖和了」。隔天下山之後，他的臉上多出許多蚊子叮咬的痕跡。

隨著漫長的梅雨季結束，將兩把鏟子和兩把十字鎬放上貨車之後，我們出發了。

3

貨車的冷氣沒有打開，車上瀰漫著濃烈的菸味，將窗戶拉開，飛蟲一下子撲了進來，Q向窗外吐了口水。「要換我開嗎？」W問道。Q點了點頭，把車停在路邊。「可是，妳們兩個不是考二類駕照⑤嗎？」女孩在W換到駕駛座的時候問。嗯。我和W異口同聲地說：「聽說那個最好考，怎麼了嗎？」妳們是笨蛋嗎！Q聽到我們說的話，對著空氣臭罵一頓。

下高速公路後，高中生幫Q指路。右轉之後繼續開會有一條岔路。Q在右轉之後不管怎麼開，岔路都杳無蹤跡。高中生要Q停車，車裡的燈沒開，她拿起地圖跑到路燈下。過了許久，她回到貨車旁嘻皮笑臉地說，抱歉，剛剛那個三岔路要往左。Q將頭探出車窗外，對她大聲罵了句，妳這個笨蛋。

貨車在崎嶇的泥土路面上行駛好一段時間，每當貨車顛簸，W就會咳嗽。就在她準備向窗外吐痰的瞬間，起初轟鳴不止的引擎驟然失聲，車子停了下來。「你說實話，這台車是多少錢買的？」我不斷踢著輪胎並質問Q。「八十萬……」Q尷尬地摀起臉回答道。根據高中生的地圖，再往前走大約十公里就能看到登山口。我們一人拿著一把鏟子或十字鎬在夜間行走。「之前跟他借了個兩百萬沒還，就這樣報仇，真是個混蛋！」Q邊走邊咒罵賣他貨車的國中同學，我們其他人則是一起責罵Q。山中傳來口哨聲，我一時渾身起雞皮疙瘩。「那是鳥啦，沒錯啦，是鳥，我之前在電視上看過。」W暗自咕噥著，並跟隨那股聲響吹起了口哨。

⑤韓國的普通駕照分為一類和二類，一類為大客車，二類為小客車。文中Q所駕駛車輛為大客車，因此僅考取二類駕照的W不能駕駛該貨車。

走到山腳下之後，曙光漸現。我們望著山峰間的旭日祈禱，心中湧起一股澎湃，我這輩子從未感到如此悸動。當時站在我身旁的高中生說：「姐姐，妳的臉怎麼這麼紅？」我們用落葉掩蓋鏟子和十字鎬，到附近的村莊歇腳，因為要想好好尋寶，得先飽餐一頓。我們敲打一間貼有「土雞」字條的餐廳大門，一個身穿睡衣、睡眼惺忪的男人走了出來。「一小時內弄好燉雞的話，我們會付兩倍的錢。」我們向男人提出這個荒謬的條件，只因為Q肚子餓就在那兒發神經。那個男人還穿著睡衣就去殺雞了，非常準確地過了五十六分鐘之後，餐廳內的女人蓬頭垢面地幫我們上菜，我們十分鐘就吃掉兩隻燉雞。

那座山的山勢陡峭，再加上十字鎬很重，把手又很長，爬坡的時候我們感到很礙事。「感覺這裡的土好像不是很硬，只要鏟子就夠了吧？」我們在半山腰丟掉兩把十字鎬，為了以防萬一，我們用樹葉把它們遮掩起來，在旁邊的樹幹捆上紅色手帕。高中生在小本子上寫下「半山腰，紅手帕樹，往東三公尺」。

W撿到一副望遠鏡。如果聽到樹上的鳥鳴，她便會拿出望遠鏡停下來尋找鳥的蹤影，這使我們爬山的步伐變得更加緩慢。高中生發現一頂高掛在樹上的帽子，她向W借望遠鏡，看了看那頂帽子，告訴我們那是她喜歡的款式。我們撿起石頭想把帽子砸下來，但事與願違。在答應回去買給她之後，她才肯放棄那頂帽子。

到達山頂之後，我們在附近發現和地圖上一樣的三塊巨石。「來，每個人抽一根吧，當作紀念。」高中生從背包拿出香菸。我們圍坐在一塊巨石上，這是我、W和Q第一次抽菸。隨後，我們三個分別站在三塊巨石上面對中心。「一、二、三、四。」我們數著同樣的步伐，高中生在我們觸碰到彼此的地方畫了一個圓圈。「來吧，開挖吧！」

挖土不是件簡單的事。一開始是我和W先挖，挖到手掌起水疱、膝蓋都伸不直了，還是什麼也沒挖到。我們兩個上氣不接下氣，一下子就喝光一．五公升的水。輪到Q和高中生挖的時候，我和W拿著望遠鏡四處眺望。「那邊好像有什麼東西。」W指著大概一百公尺遠的地方。那裡被樹葉遮蔽，無法看出具體到底是什麼東西。我們抓住樹枝慢慢往下走，山坡太陡峭讓我滑了一跤，踩到一朵橘色的野花，受驚的蜜蜂鼓振著翅膀飛去。被樹葉遮擋住的東西是一雙登山鞋，距離不遠處則是一副墨鏡。我戴起墨鏡仰望天空。「怎麼樣?不錯吧!」「挺好看的。」W鼓掌回答道。

埋藏於地底一米之深，是一塊被樹根纏繞的巨石。我把剛撿到的登山鞋和墨鏡丟向剛挖好的坑裡；W將望遠鏡扔了進去；高中生則是把剛剛小本子裡記錄十字鎬位置的那一頁撕下，夾在香菸盒中間，並將香菸和打火機放入坑裡；Q丟了車鑰匙。我們把坑洞填平之後，搭公車回家，過程中一言不發地各自睡去。高中生則去到市中心的書店，將「藏寶圖」夾在各個地圖冊之間。

在我們尋寶的期間，中式餐廳的大廚帶著廚房裡的廚具碗盤、冰箱裡的食材和外送用的摩托車跑了。Q癱坐在廚房地板上，如同小孩子般哭泣。「盡量哭吧，哭到想停下來為止。」我拍拍他的背對他說。W走到外面打了通電話，過一會兒，送來四碗冷麵。「這時候吃辣是最棒的了。」W從包裡拿出她的辣醬。「沒錯，想哭的話吃辣就不丟臉了，可以說自己是被辣哭的。」高中生拌了拌碗中的麵。W特地在Q的碗裡加入很多她的辣醬，我們坐在空蕩的廚房地板上吃著加入辣醬的冷麵。突然，我的腦袋裡好像有什麼東西閃過。「對！就是這個！」我緊握雙拳高聲呼喊。

我提議Q把這間餐廳改成水餃店，菜單就只賣水餃和拌麵。Q包水餃、W做拌麵，這樣不就好了。點餐上菜交給我跟這個小鬼怎麼樣？我輕柔地碰了碰高中生的腦袋。「謝謝妳把我算進來。」高中生小鬼啜泣說道：「我是被辣哭的喔，不要誤會。」她直接吞下嘴裡還沒咀嚼的麵。

我和W把各自從旅行社賺的薪水和桑拿房打工的工資拿出來當啟動資金，將餐廳的牆面重新粉刷、地板鋪上一層新瓷磚。我們在保險箱旁邊的地板上發現一張過期的彩券，四人便頭靠頭刮著那張中獎金額十萬、數字「五」的彩券。經過Q手上緩慢移動的硬幣，紙上逐漸顯露出數字「五」。「唉，真可惜！要不是過期了……」高中生連聲嘆息。Q把彩券貼在櫃檯上，說：「這會帶來好運的。」

「皮再薄一點會比較好，最好是要夠薄又夠筋道。」高中生在試吃Q的水餃之後給出了建議。於是Q在廚房待了整整三天，只為了做出又薄又筋道的餃子皮。Q說他和了五大袋的麵粉。「我們拌麵的賣點是辣，所以應該要按照辣度區分出不同的拌麵，不能只賣一種。」高中生在吃下W做的拌麵之後也給出了建議。根據她的建議，我們把拌麵分成四種：不辣拌麵、小辣拌麵、大辣拌麵和高中生命名的「狂辣拌麵」。

客人排隊等著吃餃子，而吃過辣拌麵的人都會說「從來沒吃過這麼辣」，偶爾也會有人點「狂辣拌麵」。我們用「能吃完兩碗狂辣拌麵的人免費」來宣傳，有一些人真的來嘗試過，但目前還沒有人成功。我們不讓高中生晚上來幫忙，而是把她送到同等學力鑑定的補習班。她在一年內完成高中的學業，隔年就考上大學。「可能是因為長得像我，腦袋特別聰明。」針對這件事，我、W和Q總是各持己見。我們三個賺錢幫高中生付大學學費。這幾年來，陸續出現和我們名字相像的餃子店，味道卻都差強人意。直到高中生大學畢業那年，我們總共有四間小公寓和四輛轎車。

在那些漫長的夜裡，我常常獨自一人開車在高速公路上馳騁。兜風一段時間之後，去自己喜歡的休息站買一碗魚板來吃是我唯一的嗜好。我在房間裡貼一張全國地圖，遇到哪個魚板好吃的休息站就用紅筆把它圈起來。某次一如既往在夜色當中行駛，不知不覺去到我的故鄉D市。曾經居住的公寓陽台上掛著小孩的衣物，我出神凝望燈火通明的客廳很久很久。幸虧當時沒有鎖門，畢竟所謂的「家」，必須要有人居住在裡面才行。爺爺的夜店消失了，取而代之的是一間複合式電影院。「那裡原本不是有一間夜店嗎？為什麼不見了？」我詢問對街的小攤販。「已經沒了啊，別提了，之前他們小孩之間不是爭得你死我活嗎？」攤販老闆把我沒問的事也都全盤托出。「拿到最少遺產的那個兒子還把夜店燒掉，他們到現在都還有幾個在打官司。」

十二月三十一日晚上，嶺東高速公路上熙熙攘攘，看日出的人紛至沓來。我跟隨前車的煞車燈走走停停，時鐘指向十一點三十四分。姐姐，生日快樂。我小聲說，要是妳再多活幾年，我的貼紙肯定更多，這樣我就能當姐姐了，真卑鄙。我的獨語漸漸被收音機的嘈雜聲淹沒。在驪州休息站買了碗魚板湯，牆上掛著的時鐘分針從三十分轉向三十一分。生日快樂。我一邊喝著湯，一邊對自己說。人們準備前往東海市看日出，我則在下一個收費站的迴轉彎處掉頭後回家。明天去西海岸高速公路兜兜風吧，不知道哪間休息站的魚板比較好吃呢。我心想。

兒童心算王

他試圖將螺絲拴緊。

孔洞太過狹小，他拿起一顆石頭用力砸去。

螺絲因此卡在不上不下的位置，無法前進，也無法抽離。

令人悲傷的是，這根螺絲沒有任何歸屬，就像他自己一樣。

我小時候還是個心算王呢。他心想。

「鐘塔慢了十分鐘。」男人在報告中如此寫道。自從C市那天遭到颱風肆虐，化為一片汪洋之後，鐘塔便開始故障了。起初的一個月只慢了兩分鐘，差距細微到每天早晨在公園做體操的家庭主婦和餵鴿子的店鋪老闆也不會注意到。市政府面朝向鐘塔所在的公園，當中的職員有個習慣，不論是喝咖啡、被上司訓斥，還是自己寫的文書遭到退件時，都會望著那座鐘塔發呆。幾個月後，時間每一個月就變慢十分鐘，直到等待下班的市政府員工看著鐘塔，才發現時間有誤。一年過去，時間變為每天慢十分鐘，而鐘塔的建設公司也並沒有去調整。市政府的警衛每天對照鐘塔的時間上下班。

報告寫到一半，男人抬起頭看了看那座鐘塔，位在後方的教堂模糊不清的輪廓依稀可見。無家可歸的瘸子手拿一碗杯麵走進公園的廁所，三、四位老人家坐在長椅上切磋棋藝。不知從哪時候起，整座C市變得像那故障的鐘塔一樣，人們的步調逐漸緩慢。年輕人不再抬頭看鐘塔，他們恍如那些整天在公園裡曬太陽，向日葵一般的老人們，沒有理由一定要知道現在是幾時幾分。

曾經有過一段時光，鐘塔是公園的象徵。傳說中，只要在太陽被時鐘完全遮蔽的瞬間告白就會成功。因此總有戀人們在落日餘暉下，相依於公園長椅上凝望著鐘塔。每年春天一到，公園會舉行寫生比賽。孩子們畫的公園裡，總會有那麼一座鐘塔，貌似正往其中一邊傾斜。難道那些孩子早就知道了嗎？那座公園和其環繞的鐘塔會慢慢地傾斜，最終倒下。男人心中閃過這個疑問，但困惑立即煙消雲散。

拆除鐘塔的告示公之於眾。公告上宣布，市政府將在鐘塔的位置建造一座象徵C市的巨大雕塑。市長喚來寫報告書的男人，整整讚賞了他一個小時。「我們公務員就該提升一點品質跟水準才對。」市長就是喜歡用「品質」和「水準」這種詞。男人第一次與市長見面，不知道該把目光投向何處，所以當市長說話的時候，他就死死地盯著桌上的菸灰缸。市長對報告書裡的其中一句話很滿意，尤其是當中「傳染」這個詞：「猶如待在經常唉聲嘆氣的人周邊，自己似乎也會被傳染憂鬱症一樣，看著時間逐漸變慢的鐘塔，人們也會日漸失去生活的動力。」男人用按不太下去「ㄖ」的鍵盤在報告中寫下這句話。市長閱讀著男人的報告，心想：「鐘塔倒下的那一天，或許C市也會隨之崩塌。」單是穿著光鮮亮麗、一一回覆市民發來的電子郵件不足以為這座城市注入活力，他必須要為明年的選舉做點什麼去得到市民的支持。「這件事交給你辦吧。」市長用不大滿意的表情對著眼前迴避自己視線的男人說。

男人將公文遞給負責市政府官方網站的職員。「這是誰負責的？」男人撓撓頭，說這是自己負責的工作。對方則聳了聳肩，前後晃著椅子，憑藉搖晃的反作用力點點頭。男人是臨時雇員，他的工作是發送市內每半個月製作一次的電子報，以及將各種活動中拍攝的相片整理成冊。為了能把重要的照片立刻傳給報社，他也必須要掃描照片並儲存在電腦中。相簿井然有序地按照日期排列在倉庫，其中的照片目錄以Excel編排，如此一來無論是誰來詢問，他都能馬上予以回覆。然而卻沒有人來查找男人整理的相簿。偶爾會需要尋找用作報導資料的照片，不過在倉庫裡翻找相簿的人，也還是只有他自己。

市政府官網刊登了新的公告。「New」的字樣閃爍在「市政府前公園設立雕塑」的語句旁。男人按下滑鼠左鍵。「C市市民皆可投稿作品徵集，創意被採納者將獲得一百萬韓元獎金，作品被採納者將獲得全額製作費與三百萬韓元獎金。詳情請洽公共資訊官⑥辦公室。」公告的最後一句話下方寫著男人的姓名和辦公室的電話號碼。他在自己的名字上，來回選取和消除，文字覆蓋上一層淺藍。

「兒童心算王」是男人曾經的外號。當時他還是小學四年級，大概是二十多年前的事了。全名為「菁英培育數學教師會」的組織舉辦了兒童心算大賽。班導師在朝會時間宣布，為了選拔出學校代表參賽，期末考試的最後一天將舉行心算考試。結果，男人以一題之差名列第二。平時成績並不理想的男人在心算考試得到第二名，引起了閒言閒語。有人說班導師提前告訴他題目，也有人說看見班導師和男人的媽媽一起從市內的咖啡廳裡走出來。「不要亂說！」男人找到散布謠言的人，揪住對方的衣領。男人感到很委屈，明明心算考試純粹是靠他自己的實力。

心算考試當天早上，男人正在洗臉，腦袋靈光一閃。如同閃光燈一樣閃了幾下之後發出光亮。他抬頭瞥了眼時鐘，數字「1」到「12」一下子就相加起來。他看向日曆，上面橫排與直排的數字也在剎那間相加為總和。被揪住衣領的那個人脹紅了臉，班上同學向男人圍過來，他不知道該怎麼解釋這件事。總之參加心算比賽拿到第一名的話，一切流言

⑥公共資訊官：負責公共事務宣傳的官員。

蜚語很快都會煙消雲散。

考試第一名的人是六年級，長得比男人還要矮。他的父母經營肉鋪，而他的成績一直都獨占鰲頭。男人躲在一輛停在路邊的卡車後方，趁那個人從店裡走出來的時候，用彈弓射向他。據說他可能有失明的風險。在心算大賽的那天，男人的媽媽煮了他最愛吃的豬骨湯。「妳為什麼要去咖啡廳？如果沒有那些謠言，我就不用拿彈弓射那個人了！」男人把飯泡進湯裡的時候，突然扔掉湯匙大聲喊道。「你幹麼！去把湯匙撿回來！」爸爸瞪直雙眼，舉起右手。男人將丟到牆角的湯匙撿了回來。還好人有兩隻眼睛，而不是一隻。他一邊吃飯，一邊這樣安慰自己。

男人在心算比賽贏得了第一名。金牌像包子一樣大，上面刻著巨大的「1」，數字兩側的雕刻則是一個男孩和一個女孩低頭沉思。男人上學時把獎牌掛在脖子上，他的座位靠近窗戶，獎牌映著陽光熠熠生輝。

爸爸在屋裡的走廊中央釘上一根釘子，把獎牌掛上去。從玄關走進屋內，能感受到家裡變得明亮。「好像是真金呢！」社區的婆婆媽媽們都過來圍觀他的獎牌。市長邀請和他共進晚餐，同桌的還有青少年楷模，她身穿鈕釦脫落的上衣，說著道知事⑦頒發孝女獎給她，因為她獨自照顧失明的爺爺和腰痛的奶奶。那天吃的東西讓男人消化不良，整整三天沒有去上學。市長在三個月之後被換掉了。

男人也上了電視，節目主持人稱呼他為「兒童心算王」。「只要看著數字就能心算嗎?」主持人彎下腰問男人。「只要看到數字，腦袋裡就會出現算盤。」觀眾席上「嗚哇!」的讚嘆此起彼落。男人沒有去過珠算班，更沒有摸過算盤，如果說腦海裡有像是籃球場會有的那種大螢幕，根本沒有人會相信。看過節目的主婦們把自己的孩子送去珠算班。開在學校前面的韓森珠算班的老師送給男人一個書包，因為收到的學生人數多了一倍。

上電視的男人收到粉絲來信，於是整個暑假，男人寫了幾十封回信。可是直到那年冬天，寫信的人就沒剩下幾個了。和某個演員同名的金智美總是把字寫錯，男人會在回信中幫她糾正錯誤；忘記他姓什麼的寶賢在信裡提到，他的夢想是吃香蕉吃到撐；還有那個恨不得殺掉自己爸爸的朴圓琪，她雖然和男人同歲，但讀小五，比男人大一屆。「怨恨他吧，每天做一個殺死爸爸的夢。」男人在信中回覆道。從那次之後，她就沒有再來信了。給男人取了「兒童心算王」稱號的節目主持人在去年因為直腸癌去世。那天，男人繫著黑

⑦「道」為韓國地方行政區域；「知事」則為行政區域之長官。

色領帶去市政府上班，只是沒有任何同事注意到這件事。

從課長的座位能看到鐘塔的右側。「有看到那個人嗎？」課長指著坐在鐘塔下的男子說。那名男子舉著「反對拆遷」的標語牌坐在鐘塔之下。建造新雕塑的公告發布隔天，那名男子開始舉牌抗議。他沒有向市政府提交陳情書或威脅相關的職員，也沒有募集民眾的簽名或採取什麼行動，就只是舉著牌坐在那裡無聲抗議。

「明後天市長出差回來……」課長話說到一半。

課長身邊很多人都聽出他意有所指，但男人第一次聽到這件事，因此還不知所以然，僅僅只是望著鐘塔上隨風飄蕩的橫幅發呆。橫幅上寫著「準備拆遷」，是課長提出這個建議的。「我們掛上比那個抗議的人更大的！」課長對男人這麼說。

男人給課長一張紙條，上面寫了五個句子。課長一一在所有句子旁畫叉，並在下方寫上「準備拆遷」。把橫幅掛上之後，鐘塔彷彿要對此做出回應一般，指針轉動得更慢，而市政府的警衛也不再看著鐘塔對上下班時間了。

「到時候那個人不能一直在那邊吧！」課長用原子筆敲打著玻璃窗說道。課長在座位上指著靜坐示威的男子，然而從男人站立的角度看過去，課長所指的方向是兩位正在喝米酒的老爺爺。課長前排座位上的李主任乾咳兩聲，朝男人大腿戳了一下。所以說，就是叫你去處理啊！啊！男人這時候才點了點頭。

夕陽西下，殘暉落入辦公室角落處男人的座位。下午四點，他喜歡這個時刻，飄散於桌面上的灰塵變得清晰可見的時刻。男人感到自己變得心胸寬闊，好像能包容一切。常識百科全書的燙金書名映照出耀眼的光芒。男人一天讀五頁常識百科全書，他知道為什麼秋季的天空藍得更加澄澈，為什麼雷電不會和白雪一同落下；他還知道為什麼水會由上而下結冰，為什麼人被切除大腦時感受不到疼痛。只不過從來都沒有人問他這些問題。

籃球網纏繞在一起，好像把球投進去會掉不下來。一隻狗翻遍店鋪前的垃圾桶，嘴裡叼著褐色的物體在公園裡晃悠，最後坐在鐘塔旁舔舐那個東西。男人從他的座位上可以看到示威男子的背影。那名男子一動也不動。鐘塔指針由五點轉到七點三十分。男人弓起膝蓋，蜷縮身軀。背好冷啊。男人自言自語，同時將視線轉向鐘塔頂端，越過鐘塔看到教堂的十字架。如果能測一測溫度，鐘塔或許比公園其他地方再溫暖個三度左右。

鐘塔時針指向八點，抗議男子站了起來，抬腳踢往蜷曲於鐘塔底下的狗，邁步走向公寓住宅區。他在街上買了兩根魚糕串和三塊糖餅。吃完之後，他和路過的年輕人借火抽菸。

在停車場，男子把抗議的標語牌放進黑色廂型車的後車廂，對著站在遠處看著自己的男人說：「你想怎樣？」他猝不及防的問題令男人一時不知所措，這句話應該由他來說才對。「你想怎樣？」男人問了他同樣的問題，像回音一樣。一輛紅色小型轎車打算停在黑色廂型車旁，但馬上作罷，隔著兩個車位停下來。男人仰望燈火通明的公寓大樓，這是C市大部分有錢人所居住的大樓。為了塞滿那個四方形格子，她今天從公寓住宅區對面的大賣場買了些什麼？一名女子走出紅色轎車，她身穿和車子同樣豔紅的外套。她手裡的塑膠袋可能裝滿白帶魚吧。男人毫無根據地暗自揣測。

「鐘塔很快就要拆除了嗎？」那名男子的嗓音乾燥嘶啞。「畢竟時間不準的鐘塔也沒有什麼用處。」男人走向那名男子，把手放到他的肩上。男子瘦骨嶙峋，卻難以從他的面容推測出年齡，在公園裡看起來超過四十多歲的男子在街燈下好像也才三十五歲左右。「可是再怎麼說，鐘塔從很久以前就在那裡了不是嗎？」男子落下了一滴眼淚。「除了人類之外，這世間上的所有東西，都會長久地守候在自己的位置啊。」說完，男子隨即將自己的目光轉移到那顆被丟棄在足球場的足球。「嗯，是足球啊！」他如此喃喃道。

「那個，你有一百塊嗎？」示威男子用更高一階的音調問道。只不過，他越想表現得歡快，就越顯得憂傷。男人將口袋裡的百元硬幣都拿給他看，對方一一查看男人手中的硬幣。「這個有，這個也有……」他一邊這麼說著，一邊將硬幣分類。「還是沒有呢。」、「沒有什麼？」、「一九八一年的百元硬幣。」、「你在收集硬幣嗎？」、「沒有，是我女兒。她好像除了那年的之外，其他都集齊了。」

示威男子朝男人點頭示意後便消失得無影無蹤。樓梯的燈光照著樓層依次亮了起來，他應該是從那裡上去了。男人倚靠著黑色廂型車，確認了十六樓的燈沒有亮。他將手中的硬幣放入口袋，沁涼的感覺傳遞到大腿上。

獎牌漸漸褪色。起初，「1」變得有些暗紅。它原本就這樣嗎？打掃走廊的媽媽問男人。男人用牙膏擦拭過後，還是去除不掉那層暗紅。於是男人便告訴媽媽，是為了特意突顯「1」才故意這樣製作的吧。一到暑假，班導師就讓男人到他家裡。在老師家裡，男人每次要進行一個小時的冥想，說是對他的記憶力有所幫助。男人的媽媽偶爾會醃製辛奇送給班導師。老師放暑假還不休息，忙著幫你訓練，多麼感謝人家啊！媽媽輕打了一下男人的頭，接著繼續剝蒜。

暑假結束之前，媽媽說要去住在A市的姑姑家，可是她卻沒有回來。男人在月台等待凌晨進站的第一班火車。車站內充斥著人們離開C市時留下的嘆息，猶如迷霧繚繞一般模糊視線。懸浮在空氣中的哀愁侵入男人的身體，即使是炎炎夏日，男人也禁不住地顫抖。那時，男人明白媽媽再也不會回來了。他心想，媽媽也曾經站在車站廣場上嘆息。男人面色蠟黃地站立於走出車站的人群中嘆氣，但是他感覺不到悲傷。心中某個東西像獎牌一樣閃灼而耀眼，生怕一旦哭出來，那個東西就會生鏽。

暑假結束之後，班導師沒有回學校。男人想起班導師那副精緻的金框眼鏡，那在C市可以說是相當罕見，只不過男人很快也就忘了。媽媽比爸爸小整整十二歲，也許她是喜歡上那副精緻的金框眼鏡。刻在獎牌上男孩的臉漸漸變得晦澀黯然，表情好像馬上要哭出來一樣。「我不是叫你把它放進玻璃相框裡嗎！」男人朝著躺在暖炕上的爸爸吼叫，他認為只要把獎牌放進玻璃相框裡就不會褪色。爸爸拿起獎牌就往廚房扔，把碗砸碎了。

男人把獎牌帶去銀樓，不過獎牌裡的黃金含量連百分之一都沒有。電話簿裡也找不到名叫做「菁英培育數學教師會」的組織。

鄰居開始擴建三樓的工程，陽光不再照射進男人的家。獎牌上除了男孩之外，女孩的臉也逐漸變黑，背面曾經刻有「開朗、熱情、活力」的字樣也染上了地圖一般的汙漬。家裡的租客們要求退房，他們抱怨沒有採光，連白天都要開著日光燈，所以電費比以前多出很多。男人反而喜歡這樣的家，因為這樣一來只要走廊不開燈，獎牌上的暗紅鏽斑就不再顯眼。爸爸向隔壁的房東抗議，並把定存解除，讓租客退房。一個月過去之後又是兩個月，還是沒有任何新的租客。作為對鄰居的抗議，爸爸跑到他們的屋頂上睡覺。警察勸告爸爸和鄰居之間相處不要彼此交惡。爸爸從鄰居的屋頂上掉下來，摔傷骨盆。社區的人們對此議論紛紛。水果攤的吳老闆說他是老婆跟別人跑了，因此懷著悲憤自殺；隔壁房東卻主張他是酒喝多了之後，腳踩空才掉下來；也有人小心翼翼地說可能是為了詐領保險，所以才這樣自導自演。針對這些，爸爸一句話也沒說。在他住院期間，男人在街邊徘徊，把路過汽車車牌上的數字拿來相加。

隔壁房東到家裡來找男人，道路拓寬要徵用男人家的院子，玄關不久之後就變成大門。居民們拿著土地被徵用所補償的錢，又蓋起了新的房屋。除了男人的家之外，大部分的人都擴建了兩三層。租客比起以前更多了，所以巷弄間多了許多陌生的面孔。「想好了嗎？」隔壁房東嘴裡散發出一股洋蔥味，他的晚餐應該是炸醬麵。隔壁的房子只剩下一半，要完全發揮那一半的作用就需要男人的地。把地賣掉，再去買間公寓該有多好。你爸爸也該過過好日子了。他要買下男人家的那片土地，拿來蓋一間考試院。「您打算出多少買？」隔壁房東伸出一根手指。「您請慢走。」男人鞠了個躬，並隨手關上門。再怎麼說他都曾經是「兒童心算王」，隔壁房東好像忘了這點。

「嗯，是誰啊？」爸爸乾咳一聲問道。是我。走廊的地板很涼，每次走在上面，翹曲變形的木板便相互摩擦發出聲響。男人走路時會踮起腳躡足而行，然而即便如此，爸爸還是對男人的動靜瞭若指掌，就連他一個晚上去過幾次洗手間都知道。

「是隔壁老金對吧？不要把地賣給那個傢伙！」爸爸的聲音自門縫洩漏出來。從門縫中透出的不均勻光線判斷，爸爸應該正關著燈看電視。地板上閒置著小櫥櫃，那是媽媽帶來的嫁妝。爸爸將那個櫥櫃移開，買了一張健康床墊放在那裡。櫥櫃已經太老舊了，連門板都闔不上，爸爸雖然把它移出房間，但還是捨不得丟掉。男人將抽屜拆下，把手伸進櫥櫃底下，從中取出一個用報紙包住的東西。那是院子的補償金還有他在市政府工作的定期存款，存摺上的數字清晰可辨，就像只有那些數字是夜裡的光一樣。

「你在抽菸嗎？怎麼不進來？」房內的爸爸又喊了一次，男人將存摺用報紙包裹之後藏入小櫥櫃深處。

搬出小櫥櫃之後並沒有重新貼壁紙，所以就好像房間裡有一個透明的櫥櫃。爸爸躺在健康床墊上說著讓人難以理解的話，彷彿是他被囚禁在一個玻璃製的櫃子裡面。

「我看電視看到有個東西叫灰樹花。」爸爸垂涎說著。「灰樹花？」男人從來沒聽過那個東西。爸爸得糖尿病之後，就十分重視自己的健康。起初他找了一些據說是對糖尿病患者有利的食物，之後又找了預防癌症和老年痴呆的食品，把這些東西寫在紙上交給男人。他說，這是預防以後隨時可能生什麼病，而且這也不是為了他自己，是為了他這個無依無靠的兒子。爸爸買的那張健康床墊，讓男人活生生減少三個月的存款。

男人拿起電視上的存錢筒，可能是裡面的錢滿了，拿起來很沉重。「那是我的錢。」男人剛要打開存錢筒，就聽到爸爸說。男人尋找一九八一年的百元硬幣。一九八〇年和一九八二年的硬幣都有，但就是缺少一九八一年的。他挑選兩枚鏽跡斑斑的硬幣，幾乎分辨不出是百元還是十元，將其餘的放回存錢筒，隨後去到浴室不斷擦洗硬幣，直到其恢復原貌。

獎牌變得黝黑，已經完全無法看出上面的圖案。形狀像包子一樣的黑色獎牌看上去感覺很可笑。全國運動會選手脖子上掛著的獎牌都沒有男人的獎牌這麼大，而是像夾心餅乾一樣小而結實。爸爸抽菸吐出的煙霧將壁紙燻成焦黃，和掛在壁紙上的獎牌幾乎融合在一起，如果不謹慎地觀察，很難看出上面的獎牌。

六年級的秋季，剛開學不久的那段時間，每隔三五天就下一場暴雨，名稱奇特的颱風「明明」席捲了C市。家裡的地下室淹水，爸爸整晚都在舀出積水，男人則躺在房間裡，想像房子乘著水漂流。冰箱裡還有吃的，把房屋當作船在全國各地周遊感覺也很不錯。這間房子是爺爺蓋的，他是全國知名的木匠。在男人小時候，爸爸讓他騎到自己的肩膀上，讀一讀玄關上方刻的句子：「願幸福安居此地」。聽說那是房屋完工那天，由爺爺親手刻上去的。里民辦公室的警報聲響起，廣播要民眾帶著貴重物品到學校避難。爸爸踩到椅子上，拔下玄關上方的木板，「幸福」二字比其他字還要更大。男人伸手摘下牆上的獎牌。「拿那個幹麼？」在屋內四處奔走的爸爸大聲叫喚。男人噘起嘴，把獎牌放進珠算班老師送他的書包裡。

房子隨著地面塌陷而向一邊傾斜。媽媽用過的化妝品遺落屋內四處。爸爸說只要他身體碰到冷水，受傷的骨盆就會感到疼痛。他只留下男人的衣服，其餘的全部丟掉了。男人從書包裡拿出獎牌掛在走廊上，心裡正想著該不該把它塗上油漆。就在這時，爸爸怒視男人，拔下牆上的獎牌丟出窗外。醬缸破碎的聲音傳來，在那一瞬間，男人腦袋裡的燈光熄滅了。鄰居家、甚至是鄰居的隔壁家，都沒有看到獎牌。軍隊來將街上的垃圾給清除殆盡。

男人升上國中，他很喜歡看週日早上的《挑戰猜謎王》，「兒童心算王」的稱號正是這檔節目的主持人取的。想參加這檔節目，需要父母同意書和班導師的推薦函才行。「你為什麼想去參加那個？」班導師教的是國民倫理⑧，他一邊說著整個一年級中，男人的國民倫理考得最差，一邊用出缺席紀錄簿戳男人的肚子。男人則對班導師說，他小學時曾經在兒童心算比賽得到第一名。始業式那天，班導師告訴他自己曾經報名了所有的高普考，但不幸的是，他除了一張教師證之外什麼也沒考到。「老師您可能不了解。」他對班導師說，上電視把自己腦海裡的一切展現出來是多麼令人感到激情昂揚。班導師拿出期中考成績表一看，抬起半邊下巴說：「你不是心算王嗎？數學怎麼考這樣？」男人心想，只要能參加《挑戰猜謎王》大賽，並再次贏得第一名，他腦袋裡的光一定會再次閃亮起來。

男人偽造推薦函，填寫了參賽申請書。上電視之前，得先通過預賽。直到國中畢業，男人一共參加六次預賽，卻每一次都慘遭淘汰。曾經掛著獎牌的那一小塊壁紙並沒有褪

⑧ 國民倫理學是「國民共同生活」與「作為國民應遵守」之規範與道理，是為了國家發展而研究理想國民價值觀的理論與學問，類似於台灣的生活與倫理學科。

色。男人總是盯著那面空牆，想像那裡有一塊肉眼無法看見的透明獎牌。聽聞那個被他拿彈弓射到的肉鋪老闆兒子以第一名成績錄取S大學，男人便開始喝酒。每次一喝酒，他就感覺自己心中的那塊獎牌正在生鏽。

據說，市政新聞的主持人即將換人。有傳聞說，民願室⑨的鄭將會繼任主持人。這像話嗎？洗手間內的女員工們七嘴八舌。市政新聞原先的主持人擁有在中央電視台做過節目的經驗，她的父母還在C市開了三家連鎖的排骨店，市政府的職員去聚餐可以打九折。她甚至還得過韓國小姐的最上鏡獎。而鄭不過是一個平庸的女員工，僅僅參加過K市舉辦的地區特產小姐選美。某天她跟男人說，她沒有拿到大獎，只拿到了市民票選的人氣獎。「我就是唱這首歌拿到人氣獎的。」她講著講著，就對男人唱起歌來。這像話嗎？聽說是局長的「這個」。坐在男人旁邊的同事舉著小指頭晃了晃。

民願室裡寫著「需要幫忙嗎？」的字樣。那個「？」和鄭的圓臉很相襯。男人把紙條塞進半圓形的洞口，上面寫著：「午餐時間，公園」。鐘塔指針指向十點二十五分時，鄭就到了。「是真的嗎？」鄭對男人的話充耳不聞，顧著看手機。「我中午有約，有話就快說。」她的手機上掛著一隻小熊玩偶。接駁公車上兩人坐在一起，男人向她搭話，那是泰迪熊吧。只要是用手工縫的熊玩偶都統稱泰迪熊。鄭認真地聽著男人說。「美國總統羅斯福的暱稱就是泰迪。」男人不知道公車已經抵達市政府，依舊自顧自地說個不停。「羅斯福總統有次在獵熊，助手看到他毫無收穫，於是活捉一隻小熊讓他獵殺。但是羅斯福總統把那隻熊放走了。這個故事流傳開來，泰迪熊這個說法也就出現了。」一直到男人把故事說完，鄭都沒有從座位起身。

那是常識百科全書裡的內容。一想到每天只讀兩個故事就能讓鄭愉快一整年，男人就心動不已。他從原先的一天讀兩頁，變成一天讀五頁。為了不忘記內容，他會在和鄭見面的當天寫幾個詞語在手上。每當鄭在確認手機螢幕上的時間，熊玩偶就會討人厭地搖頭晃腦，就好像在嘲諷男人：「你生氣了吧。」

「我很有錢。」男人的話讓鄭噗哧一笑，那不是在民願室裡面對市民的那種笑容。徵收家裡院子拿到的補償金不少，男人沒跟爸爸說有那筆錢，之後把房子賣給隔壁房東的話會有更多錢。「這些錢可以買一間還不錯的公寓。」一輛黑色轎車停在公園前，急促地鳴了兩聲喇叭。「那些錢你自己用吧。」女人揮揮手。

⑨韓國政府機關接收民眾申訴、陳情的部門。

那名示威男子還坐在鐘塔下。「市長終於知道了，你看吧！」課長把屁股靠在男人的桌子旁，用低沉的聲音說。「我要指派給別人。」課長一起身，桌子便嘎吱作響。所有人一致將目光瞥向男人，而男人只要有任何動作，桌子就會晃蕩一下。他一整天都感覺頭暈目眩。不知道桌子的問題出在哪裡，明明四隻桌腳都平穩地佇立在地板上，可是只要男人把手放到桌上，桌子就會失去平衡而不停晃動。

男人即將下班時，撿到了一根食指大小的螺絲。它掉到男人的腳邊，於是男人便坐在桌子底下尋找那根螺絲脫落的地方。一滴眼淚不自覺地落下來。你在做什麼？坐在前方的女同事問他。我在找東西。課長從局長辦公室紅著臉走出來，嘲弄般地問他，你在幹麼？我在找東西。辦公桌沒有螺絲能嵌入的孔洞。一個討人厭的職員往男人的桌上丟了一本字典，不過男人沒有嚇到。

籃球網依舊纏繞在一起，上次那名男子坐過的椅子上仍然放著喝完的飲料罐。男人還看到了李主任，他正在穿越斑馬線，跟在他身後的是每天看著鐘塔對時間的警衛。他們走到示威男子面前坐下。聽不到他們在說什麼，鐘塔上的時鐘走過將近三十分鐘，他們依然在聊。

也許那名男子有一個行動不便的女兒，而她的嗜好是透過望遠鏡瞻望公園。時間變得緩慢或許能成為他女兒唯一的慰藉。男人如此想像著。他腦海裡浮現出那削瘦淒涼的肩膀和多年來從未展露的笑顏。李主任和那名男子握手後起身。也許是男人想錯，可能那名男子就只是想吸引注意，想抗議去年徵收錯誤的稅金，但這些都無關緊要。時鐘漸緩，且總有一天會停下。而就算時鐘停下，示威男子的房子照樣屹立不搖。

男人從口袋裡拿出螺絲，木製長椅的其中一側有個手指頭大小的洞。鐘塔後方教堂的十字架被點亮，路燈也明亮起來。那名男子將標語牌插在地上，去店鋪買了碗泡麵，然後坐在遮陽傘下吃。一隻遊蕩在公園裡的流浪狗坐在他的腳邊。他一定會檢查自己買泡麵時找的零錢，因為搞不好其中就有一九八一年的硬幣。男人試圖將螺絲拴緊。孔洞太過狹小，他拿起一顆石頭用力砸去。螺絲因此卡在不上不下的位置，無法前進，也無法抽離。令人悲傷的是，這根螺絲沒有任何歸屬，就像他自己一樣。我小時候還是個心算王呢。金煌煌的獎牌在男人的心中閃耀。宣傳部門的電話號碼總和是31，小學時的學號加總是248，身分證的話則是41。男人的腦海中，數字狂亂地糾纏在一起。

有人在敲門

「小朋友，妳走路的時候，有沒有不小心摔倒過？」

小女孩脫下長襪，給他看膝蓋上的傷疤。

「這裡，上次跌倒了。」

「這也是和我一樣的傷喔。」

他吹響長哨，映在湖面上的陰雲急掠而過。相隔著五米距離排列的櫻花樹落下半熟的果實，雨滴墜入桌上的紙杯。聽見哨音的人們踩著腳踏車加速騎行。「才騎不到半個小時……」衣服上印有漫畫主角的男孩說。「我把錢退給你吧。」男孩拿回一千元後，他回到店內，整齊地停放腳踏車，用塑膠布覆於其上，並再次蓋上一層遮布，以防雨水滲入。

他在市政府公園綠地科工作七年。這些年來，他從來沒有缺勤過，一就業就存了三年的定存，因為想在三年之後學習飛行傘。他的心願是用定存的錢買一台車，週末時把飛行傘裝備放在後車廂，去到梅山里或大阜島。將定存取出的那一年，弟弟出國留學。他很愛弟弟，於是他告訴自己飛行傘可以之後再學也不遲。弟弟出生的那年，他讀小學一年級。弟弟出生那一天發生輕微地震，老師在黑板上寫的字看起來層層交疊。聽說H市的地震奪走了幾個人的生命。弟弟常常哭，只有經過他的安撫，才會停止哭泣。

「都是地震的關係！」他雖然這樣說，卻還是沒人願意傾聽。弟弟離開之後他又繼續存錢。三年之後，妹妹說她要結婚了。「哥，那個人是醫生。」她說自己結婚前用過的東西全部都不想帶走。他剪下關於飛行傘失事死亡的新聞報導，反覆思索，覺得飛行傘太危險了。

他在公園綠地科就職的期間，市內蓋了三座公園。他說服科長在公園種植櫻桃樹、杏樹、蘋果樹和桃樹之類的果樹。科長問他要是那些果實被人們摘掉該怎麼辦？

在公園種植果樹受到市民廣泛響應之後，市長讓科長特別休假。從此之後，決定公園要種什麼樣的樹就成為他的職責。在第二座公園種下嫩葉可以被食用的樹木，每棵樹都附上詳細的介紹，公園成為小學校外教學的地點。第三座公園種植了葉片和果實都能夠用來製成顏料的樹木，此外，還計畫建造實作教室，讓所有市民都能嘗試製作天然染料。審計科向他追究，為什麼採購樹木的量遠高於公園內實際種植的數量。那些沒有種在公園的樹木都已經四散各處，他在市長家院子、股長的老家和科長的岳家都種了那些樹。他從市政府辭職之後，拿走五十棵桃樹的科長讓他在公園的一處角落開腳踏車行。他放棄飛行傘，轉而學習腳踏車，因為腳踏車很安全，而且也花不了多少錢。

他坐在占地一坪多的辦公室向外觀望。雨淋濕了矗立於公園的雕像，慶典的條幅在風中搖曳。他感到一陣頭痛來襲，於是輕輕地按了按左眼球。公園的湖邊有一個沒有撐傘的女人正在散步。公園烏雲密布，籠罩其上的空氣向下沉落。路燈一致地點亮，燈光貌似被吸進湖裡，湖水頃刻之間也變得明亮起來。那個人為什麼在淋雨呢？他望著湖面上忙於游走的鴨群思考片刻。紙杯翻倒，被雨水沖淡的咖啡灑到桌上。這是公園裡最好喝的咖啡。公園裡有很多自動販賣機，可是他比較喜歡籃球場旁邊販賣機的咖啡。女人繞行湖邊兩圈，便站在原地目不轉睛地盯向湖面。去年冬天，有一名青年掉進湖裡死了。警方沒能查出究竟是自殺還是單純的失足身亡。女人看著的地方正是當年發現青年屍體的地方。

他今早在斑馬線上看到一個發瘋的女人。女人走近他後，唐突地問他有沒有一萬塊。「不是一千，是一萬塊。」他情不自禁地噗哧一聲笑出來。女人轉而詢問其他人有沒有一萬塊，不過沒有任何人給她錢。他回頭看向寫著「交通號誌控制器」的盒子，忍不住想打開它，剪掉纏繞於其中的電線。綠燈亮了，人們穿越馬路，他卻無法動彈。騎腳踏車的人們很愛笑，挑腳踏車的時候、摔倒的時候，還有找零錢的時候都會笑。紅燈再次轉換為綠燈，車輛開始移動。此時，那個瘋女人衝向公車，喇叭聲長長揚起。

他敲著玻璃窗大喊：「喂！」那邊的女人好像瞥了他一眼。玻璃窗上浮現出今早遇見的場景：那個滿頭是血、眨著眼的女人。那個發狂的女人和現在眼前徘徊於湖畔的女人身形重疊，他敲打玻璃窗，試圖抹滅那個畫面。然而奇怪的是，他的手停不下來。他持續不斷地敲打著，似乎這樣一來就能把聲音傳得更遠，足以讓弟弟寫封信寄給他，也足以讓妹妹關掉整天瀏覽的購物頻道，撥一通電話來。他聽到碎裂的聲音，手上布滿玻璃碎片。大雨傾入辦公室，洗去他手上滲出的血。鮮血在手上如同那連綿不絕的雨一般，不停地恣意流淌。

他睜開雙眼。即使沒戴眼鏡，時鐘也在一瞬間清晰可見。七點。他再次閉上眼，並緩緩睜開。和往常一樣，眼前的一切看起來朦朧不清。他向上伸手尋找眼鏡時，才意識到右手手腕纏繞著繃帶，左手手背上插著輸液針。商店的女人發現他後，便把他帶去醫院。自從看見他在籃球場旁邊的販賣機買咖啡喝之後，商店女人就不再跟他搭話了。「急救做得很不錯。」醫生走近說。「大概是商店女人做的吧，之後要去她的店買咖啡了。」他閃過這個念頭，不禁莞爾一笑。

「看你笑成這樣，發生了什麼好事嗎？」醫生微微露出整齊的牙齒說。這醫生是個很適合穿白袍大褂的人，只要看他一眼就讓人感到足以信任。「我很倒楣。」他一直都覺得自己還算幸運，弟弟妹妹都很順利地考上理想的大學，他也一次就考上公務員。儘管任職的時間不長，但也得到不少肯定；儘管是全租⑩，但也是一間有十坪的公寓。妹妹住在超

⑩全租房屋是韓國常見的租賃方式，為租屋者給予房東一筆高額的押金，租屋期間無須支付月租，且租約結束後全額歸還押金的契約方式。

過五十坪的公寓，偶爾還會送他高檔的名牌衣服。妹夫每個星期會在報紙上刊登健康專欄，而他會把專欄的文章全部收藏起來。從市政府辭職之後，他雖然曾經有一陣子感到很失落，不過他也很快就明白腳踏車租車行的工作比公務員更有趣。還在市政府的時候，他每天早上都會喃喃自語：「唉，今天如果是星期日就好了。」然而現在卻是說：「唉，今天如果下雨就好了。」好像自己變成一個充滿浪漫的人，認為這種程度的小意外也沒什麼。

「我告訴你我一個朋友的故事。」醫生剛想開口，一個胸前血流如注的男人進到急診室。醫生拍了他的肩膀，朝那名患者跑去。受傷男人渾身酒味，高喊：「我要把你們全都殺了！」護士們對此情此景習以為常。「請你先好好接受治療再把我們都殺掉。」也有人這樣開玩笑。和他聊天的醫生將男人的手臂彎曲，把男人綁在病床上。在男人吵鬧時，躺在一旁病床上的老爺爺連眼睛都沒有睜開。難道……？他起身把手放到老爺爺的鼻子下。還有呼吸。

良久，醫生回到他面前。「我剛剛說要告訴你我朋友的故事對吧？我朋友高中的時候，他父母離婚，結果他承受不了那種打擊，決定要自殺。最後在急診室洗胃才救回他的命，可是在那之後他卻深受憂鬱症的糾纏。後來，他看到醫院的宣導海報，上面寫著『定期洗牙的話，老了也不會得牙周病。』你知道我的意思吧？」他直盯著醫生，這時候才明白為什麼當時醫生會問發生了什麼。「不是那樣的。」他搖搖頭。有人正呻吟並呼喚著護士。「如果需要精神科醫師，可以找我幫忙。剛剛說的那個朋友，他現在是一名精神科醫師。」醫生拔下他手背上的輸液針。他緩步走出急診室，拿不出右後側口袋裡的錢包，因此請求經過的護士幫忙。他用左手簽名，雖然他簽的字和卡片背面的字跡相差甚遠，而護士並沒有確認。一名揹著小孩的女人在急診室外面哭泣。他使勁邁步，雙腳好像被吸入地面，陷進醫院地下。

計程車司機朝著坐在一旁的他瞟一眼。兩支雨刷有些不協調地擺動，他隨著副駕駛座前的雨刷搖晃雙腿。司機再次朝他的方向轉頭。「沒事。」他無意識地脫口而出。「什麼？」計程車司機將車停在號誌燈前並關掉雨刷，雨勢漸緩。

他走上天橋的階梯，回頭看了看，因為好像有人對著他吹了聲口哨。然而後方只有一個在和某人通電話的女學生。他舔了舔嘴唇，吹一聲口哨。女學生停下通話，以一副驚訝的眼神看著他。天橋下有個男人鋪著地墊，販賣形形色色的雜貨。自從天橋建造以來，男人每天都在橋下兜售物品。他看了看附有各種修指甲工具的套組。「這裡面有兩個指甲剪，也有剪刀。這個叫做死皮剪，是用來修剪指甲邊緣的。」男人向他說明各種修剪器具。他花了一萬元買了套附有十種器具的指甲刀組。「啊，你的手好像受傷了。」男人一邊將指甲刀放進黑色塑膠袋，一邊說。「不會影響到我剪指甲。」他生硬彆扭地回答道。

他在電梯裡遇到住在樓上的女人。「現在應該安靜了。」女人說著，同時按下自己所居住的十三樓和他居住的十二樓。那個女人有個整天跑來跑去的兒子，讓他很難睡個安穩的午覺，也很難放鬆地坐著聽音樂。「小孩去哪裡了？」電梯從五樓開始，每到一個樓層就停下，看樣子是有人惡作劇。電梯門每一次開啟再關上，女人就深吸一口氣。「請打起精神。」他伸出纏著繃帶的右手給女人看。「看我這個樣子，不管有多痛苦，做這種事是很愚蠢的。」剛說出這句話，他感覺自己像是真的有過自殺經歷的人一樣，彷彿一次嚥下一百個麵包，心裡一點都不暢快，好像有個陌生人的影子藏在自己的身體裡。他走進家門，屋內的景象，跟他剛搬進這裡時一樣陌生。

日光燈打不開。他側躺在床上看著電視上的鬧鐘。鬧鐘上印有從前每週五主持脫口秀的明星。他以前每週五晚上都會看脫口秀，經常在床頭櫃放三、四個枕頭，側身躺在那裡看。那鬧鐘是寄來給上個住戶的，或許是因為上個住戶給了脫口秀觀眾反饋。旁邊有個鴨子模樣的鬧鐘。還在市政府上班的時候，他會把兩個鬧鐘設置成間隔五分鐘響鈴，所以從來都沒有遲到過。鴨子鬧鐘是弟弟的女朋友寄來的。弟弟當兵的時候，她每個星期都會寄一封信。而鬧鐘是用包裹寄過來，就在弟弟去留學之後，她在紙條上寫：「我再怎麼找，也只有你送我的這唯一的東西。」

他望向書桌上的相框。那是小學同學P送他的。他在尋找同學的網站上遇到P。很好奇你變得怎麼樣了，你應該……沒有忘記我吧？P留下這段訊息。他忘記對方的長相，於是就在陽台堆疊的箱子裡尋找小學的畢業紀念冊。畢業照裡的P微微低著頭。「啊！就是他！」他回憶起畢業那天，P用食指在前方同學的頭上擺出了角，害他們必須要重拍一次團體照。你是那個……很調皮搗蛋的？他語帶含糊地回覆。同學會在江南的酒吧舉辦，P傳了三次訊息說想看看他的樣子。酒吧入口貼有小學的名字和桌號的紙張，大家像是在拼拼圖一樣拼湊著彼此的記憶。誒！還記得Q嗎？還有W，那個很會跑一百公尺的。人們花費好幾個小時，像這樣說出自己所認識朋友的名字。分別時，P在街上買了個相框並交給他。「雖然遲了，但還是要跟你道歉。不過你額頭上的傷疤消失了呢。」那晚，他從睡夢中醒來，想通了為什麼P想見他一面。P是把他和同班的A搞混。P曾經有次揮拖把打到A的額頭，畢業照裡站在P前方的那個人，就是A。

房子裡沒有任何一個東西屬於他。妹妹結婚時，留下床和衣櫃。「哥，等你結婚的時候，我幫你買棟房子。」妹妹準備她的嫁妝時，經常這麼說。床和衣櫃都是白色的，妹妹並不知道他討厭白色。用來放電腦的書桌是弟弟從國中就在用的，遍布細小的痕跡，因為弟弟有用原子筆戳桌面的習慣。他撫摸桌面，裂紋轉移到心上。他長嘆一口氣，躲在心中的影子四散，在房內各處遊蕩。他打開電視，螢幕的光彩一掃屋內的陰霾，憂鬱無所遁形，影子頃刻間消散。他按下鴨子鬧鐘，弟弟的聲音傳遍房間，親愛的，快起床！早上了！女生每天一早都聽到拋棄自己的男朋友的聲音一定很痛苦，他真是個混蛋。電視上宣傳便祕藥的女演員對著洗手間裡的鏡子大聲喊叫。

他拿出指甲剪，為了剪指甲而靠近電視。這屋子裡完全屬於他的物品只剩下這個指甲剪套組。剪下左手指甲時，傷口有點刺痛，可能是距離電視太近，他感到雙眼痠澀。

凌晨，有人輕敲了門。電視正播放著一部年代久遠的西部電影，他調低音量。是誰？敲門聲戛然而止。他開門一看，有個小箱子。手腕上有傷疤可以用這個，一三〇五號。箱子內裝有皮製手環。仔細一看，像極了電影主角戴的那種。他將手環戴上左手，握了握拳，接著爬上書桌敲天花板，向樓上表達感謝。過一會兒，樓上傳來「咚咚」的聲音。

他瀏覽生活雜誌，找到一間店名特別的二手商店——「呼吸的物品」。一個小時過後，身穿綠色上衣和吊帶牛仔褲的員工抵達，T恤上印有「呼吸的物品」的字樣。您好。您想要賣掉什麼呢？員工環視屋內並問道。他指著電視。電視嗎？還是上面的鬧鐘呢？員工仔細打量電視說道。員工的牛仔褲在屁股下方破了一個洞，只要一移動身軀，內褲便似有似無地顯現。是電視，然後，你的褲子破了。他對著正在觀察電視的員工說。啊，這個嗎？這算是我們公司的理念啦，我們公司職員的衣服也是從二手貨裡面挑的喔！

員工將二十五吋的電視一下子就抬起來搬到外面。電視機是妹妹用三個月分期付款，從高中同學那裡買來的。妹妹的高中同學被騙婚，在結婚後一個月離婚，後來陷入直銷組織，無法逃離。「我同學說她的業績是整個部門裡面最差的，所以沒辦法只好這樣幫她。」妹妹在買完電視不久後就失業了，所以分期就由他來負擔。他所討厭的棒球隊，正屬於這台電視的製造公司。

「這台電視有什麼過去嗎？」員工把電視搬到外面後，回過頭來從口袋裡拿出筆記本問他。過去？他一面摸著繃帶邊緣，一面回答。您不知道嗎？我們收購物品的時候，會連同那件物品的故事一起購買。我身上穿的這件牛仔褲，是一個父親在女兒大學入學時送給她的禮物。他的女兒現在變胖穿不下，才賣給我們。聽他說，女兒是考上了S大學。也許是因為穿這件褲子之後，好事才接踵而來喔！

他向對方講述妹妹高中同學的故事。債務超過一億，賣掉電視、賣掉淨水器，甚至賣掉電動牙刷，債務還是絲毫沒有減少。後來實在看不下去，就開了個同學會，讓每個人幫那個同學買走一個東西。員工將他所說的故事記錄在筆記本上。他把衣櫃和床也都賣了。從衣櫃裡取出的衣物，堆滿屋內的一角。衣服沒有什麼故事，所以他那些不合身的衣服賣不出去。他賣掉搬家公司失手摔壞、沒辦法煮好飯的電鍋，還賣掉弟弟在學校田徑比賽贏得的紀念獎牌，以及刻著國會議員姓名的鍋子。員工用很高的價格買下弟弟的書桌。桌子被抬到外面的時候，他感到有些後悔。弟弟總是對某些事情有著無端的怒火，那書桌就承受著弟弟的怒意。請把它賣給能夠治癒傷痛的人吧。他將書桌託付給員工。

他不知道弟弟的住址。打給妹妹，沒有人接聽，電話是空號。他將鴨子鬧鐘裝進小箱子，再把鍵盤放在大腿上，只用左手打字。「這是你的鬧鐘，你自己處理吧。看要不要重新錄音之後再送給別的女孩子。」他花了很長的時間輸入這幾行字。將信放入箱中，外面寫下弟弟所就讀大學的名字。

為了尋找國小同學A，他進到尋找同學的網站。翻找留言之後，他發現了三年前留下的問候。還有人記得我嗎？有沒有人在看晚上六點的《故鄉還活著》這個節目？那個是我製作的。A留下這些話。他翻看報紙，電視台並沒有《故鄉還活著》這個節目。他打電話到每一間電視台詢問。而接線人員只有問他是誰，並沒有詳細回答他的問題。他找遍了各家電視台的網站，終於找到三年前播放《故鄉還活著》的電視台。「這個相框是國小同學P給你的，他要跟你道歉。你額頭上的傷疤現在還在嗎？」他打字比剛剛快一些。他害怕玻璃破掉，所以將相框用毛巾包好，帶到郵局寄出。

入夜時他拉開窗簾，打開陽台的燈，房間好像變得明亮了些。他打開電腦，房間又更亮一點，只是電腦螢幕每隔五分鐘就自動關閉。他關掉螢幕保護程式和省電模式，並將螢幕當作檯燈，藉著光翻閱櫃子底下的過期雜誌。雖然想吃泡麵，只是用左手吃很麻煩，所以就忍住了。他撥通了中餐廳的電話，叫一份辣海鮮飯。他偶爾會躺著看天花板上的霉斑，那是樓上廁所漏水導致的。天花板看起來好像有人蜷縮著身體。他吹起口哨，風敲擊著陽台窗戶發出聲響。清晨，他把那個印有明星的鬧鐘放在一三〇五號的門前，早上，樓上傳來敲地板的聲音。他沒有書桌了，沒辦法敲到天花板，所以他只好從鞋櫃裡拿出一隻鞋子往上丟，天花板印上一層鞋印。

「呼吸的物品」店面位於郊區，去到那裡要轉乘兩次公車。那裡以前是纖維工廠，只不過由於纖維工業成為夕陽產業日漸衰落，工廠也就跟著倒閉了，而這座城市的經濟一度因此而萎縮。建築物上寫著「萬物皆有故事」。一名戴著方框眼鏡的人走近，向他打招呼。您是第一次來嗎?戴方框眼鏡的人遞給他一張地圖。進去之後可能會迷路，請您看著這張地圖逛逛吧。戴方框眼鏡的人再次給他一張藍色的紙。如果有看到想買的東西，請在這裡寫下物品編號，出去之前交給我們的員工。貨物不用收運費。

店內猶如大規模超市，所有物品都整齊地排列在貨架上，每一件物品都貼上標籤，上面寫著它的故事。這家店和超市不同的地方在於排列物品的方式，根據物品的故事分為四個區域。他進到「歡快的世界」。「借錢的朋友還不了錢，所以只能給出自己用過的音響，這個音響是那個朋友財產目錄的第一順位」、「國高中陪伴著我的書桌，考上大學的那天有趴在上面哭」、「下宿[11]阿姨送的電風扇，附著一封信：『夏天這麼熱，很辛苦吧?』」他仔細地閱讀物品上的標籤，想著他昨天賣出去的物品會被分到什麼地方。他看到一台烤餅機：「爸爸公司破產的時候，我們家就靠這台烤餅機活下來，現在爸爸有新工作了。」他起心動念，冬天是腳踏車行的淡季，還是他來賣烤餅怎麼樣?

在「信不信由你的世界」，他看到了斷頭玩偶和獨臂機器人。卡片上寫著：「和戀人分手的那天，我憤怒地扯斷玩偶的脖子。第二天，戀人在一場交通事故中身亡」、「我養的狗把機器人的一隻手臂吃掉，但它竟然沒有死」。有個男人睡在貨架上。他叫醒男人，你怎麼能在這裡睡覺？男人不耐煩地揮揮手。原來，男人的手臂上貼著標籤。他細讀上面的字：「今年四十歲，除了唱歌和開車，其他什麼事都會。」

他在走向「悲愴的世界」時迷路。地圖上標明走出「信不信由你的世界」之後左轉，便會抵達「悲愴的世界」，然而他卻走到了「歡快的世界」。他沿著原路再走一次。看到那個躺在貨架上睡覺的男人此時正坐在木椅上。請問「悲愴的世界」怎麼走？他展示地圖並詢問男人。男人閉著眼用手指向右邊那條通道。

一位身穿粉紅色針織衫的老奶奶專注地盯著鋼筆，突然發出一聲驚叫：「啊！這怎麼可能！」人們聽到叫聲後圍了過來。「這支鋼筆，是我父親在我小時候買來送給我的。」老奶奶搖著頭，對眼前所見難以置信。「妳是怎麼看出來的？」有人問。老奶奶指著鋼筆蓋說：「看看這裡，上面刻著『MK』，我的名字是『敏景[12]』。」老奶奶在她心愛的男人去日本留學的時候，將那支鋼筆送給他。那已經是五十多年前的事情了。人們聆聽老奶奶的故事。老奶奶讀著寫在鋼筆上的故事，流下淚水。坐在前方的婦人遞給她手帕。「這

---

⑪「下宿」為韓國學生間常見的租屋形態之一，類似於寄宿家庭。

⑫敏景的韓語發音為「Min Kyung」，取各自首位字母。

是爺爺珍藏的寶物。他患上老年痴呆，但只要看到這支鋼筆就會流淚。」老奶奶將標籤上的內容讀給大家聽，她的聲音正一邊顫抖著。

店裡沒有任何時鐘，他沒辦法推測過了多久，只覺得自己好像可以待在這個地方好幾年都沒有問題。他坐在地上讀起了民事訴訟法。「嘆惋的世界」裡和考試有關的書籍特別多。書封上寫著「不要放棄」的字句。他讀累了便躺在地板上打盹，感覺自己像是變成那個躺在貨架上睡覺的男人一樣。

不曉得哪裡傳來窸窸窣窣的聲音。為了聽清楚，他把兩手放到耳邊。物品正在竊竊私語：有本書正在懷念那個司法考試落榜好幾次的主人。他將耳朵貼到地上，聽見假髮正在抱怨很多年都沒有人來找自己，於是他走到假髮所在的地方。假髮的原主人很害羞，戴上假髮後不敢出門。他摸了摸假髮。能夠讓身高增長的增高器已經是第五次出現在這間店。孩子們只會在頭一個禮拜認真做運動，後來都是自己長高的，所以父母在一段時間之後就會從角落將增高器拿出來賣掉。除此之外還有魔術道具，它的主人用它來教導自己的孩子們變魔術。每當爸爸變魔術，小孩就會拍手叫好。魔術道具對著周邊的物品說，當時感到多麼幸福，直到現在都還會怦然心動。聽著那些物品的傾訴，他流下淚水。有人敲響了他的心扉，令他一瞥自己的內心，忘卻過去三十年來，多麼深沉的孤寂。

小時候的他經常半夜驚醒，心臟如灼傷一般疼痛。讀高中的時候他總是握緊拳頭，不管是走路、跑步，甚至是解數學題的時候都一樣。每次吞口水如同吞嚥一顆巨大的冰塊。他騎腳踏車繞行著公園，直到汗流浹背。現在的工作比起以前在市政府還要簡單許多，不過令他感到怪異的是，累到睜不開眼睛的情況卻日益頻繁。他把手放到胸口，就像把手放到音響上的揚聲器一樣，感受著那微弱的顫動。

慶典開幕，他掀開腳踏車上的遮布。腳踏車們叫嚷著問他知不知道前幾天有多麼無聊。公園管理員金先生朝著銅像矗立的地方跑去。有人昨天半夜對銅像潑漆，前國會議員的臉沾上一片鮮紅，而建造公園時贊助了三億的名人，頭染上亮麗的明黃。金先生扯下慶典的橫幅，蓋住銅像。他則在腳踏車旁放置一排直排輪，這些是在「呼吸的物品」買的。他還買了衣櫥，那是一對老夫婦因為要住在兒子家不得已賣掉的。他也買了台電視。當然，他喜歡的棒球隊，正屬於這台電視的製造公司。他還買下了魔術道具，送給一三〇五號的女人。

天空真漂亮啊。他向商店裡的女人搭話。商店裡的女人幫他泡了一杯咖啡，並害羞地對他說：「我有多放一點糖，籃球場販賣機的咖啡比其他地方的還要甜呢。」商店女人的丈夫在市政府的警衛室工作。他依稀記得那名警衛向市長舉手敬禮的模樣。後來，那名警衛為了解開屋外廣告牌上纏住的氣球而從市政府的屋頂上摔下來引發事故，造成身體殘疾。而那個哭著要氣球的孩子則是驚嚇過度，需要接受精神科治療。市政府在公園裡幫忙找了一個地方，讓那名警衛的妻子經營一間商店。

前來借腳踏車的孩子們看到直排輪便紛紛改變心意。找不到合適尺寸的孩子哭喪著臉。一個溜著直排輪的孩子跌倒之後爬不起來。他起身跑向那個孩子。受傷了嗎？孩子的父母也看到了，正從湖的另一邊跑過來。那孩子開朗地笑了。叔叔，因為天空太美了。那孩子所穿的直排輪，原主人是一個小兒麻痺症患者，直排輪是他在八歲時收到的禮物。標籤上寫著：「我有時候會夢到自己穿著直排輪在公園滑行。」那孩子用流出血的手掌抹了抹褲子。他瞥見手腕上的繃帶。藥師幫他換藥和纏繃帶的時候問他：「為什麼你不去醫院？沒顧好的話會留疤的。」他並不在乎留下什麼傷疤。

草坪上，歌唱比賽開始了。草坪後方有幾棵黑棗樹，樹上附有說明書：「凍傷時將果實搗碎，敷在傷處，效果非常好。」然而，果實還沒熟，人們就已經摘光了。湖面隨著歌聲悠然蕩漾，榆樹的果實熟了。榆樹的果實叫什麼了呢？幾年之後，榆樹的枝幹會變得更為結實，人們便能聚集在樹底下。或許現在，在公園的某個角落，毛櫻桃正在緩慢地成熟；或許在公園的某個角落，楮樹枝條的斷裂聲嚇壞孩子們。商店女人隨著人們的歌聲晃動身子。他聽見自己熟悉的旋律，於是跟著一同高歌。

「叔叔，你的手怎麼了？」

一個小女孩吃著冰淇淋，凝神望向他。融化的冰淇淋弄髒了小女孩的粉紅色洋裝，不過她卻絲毫不在意。

「小朋友，妳走路的時候，有沒有不小心摔倒過？」

小女孩脫下長襪，給他看膝蓋上的傷疤。

「這裡，上次跌倒了。」

「這也是和我一樣的傷喔。」

他給了小女孩一台紅色腳踏車。

「這是叔叔給妳的禮物，只能騎一個小時，不要跌倒嘍。」

腳踏車在陽光下閃耀，騎腳踏車的人真的都很愛笑。他回憶起下雨那天，自己為什麼像發了瘋一樣地敲窗戶呢？這個問題在腦中一閃而過。他用手指按著左眼球。頓時感覺自己的胸口好像卡著一個巨大的冰塊，冷冽侵襲身體，令他瑟瑟發抖。他抬起頭仰望天空，雲朵正踏著風飄動，隨即化作小女孩的冰淇淋，融化之後滴入他的嘴裡。

在那裡的，是你嗎？

沉重的腳步聲傳來。這個人的鞋子會磨得比一般人還要快。

女人聽著那一道道聲音，心裡這麼想。

修長的影子站到女人身前，

來者背對路燈，她看不清對方的臉。

她用顫抖的嗓音問：「在那裡的，是你嗎？」

窗戶輕微地震動。女人把手貼在窗戶上屏住呼吸，那股顫動順著血管傳遞到心臟。颳向十五樓的風變得歇斯底里，不過這種程度也只能吹得樹木枝條輕聲搖晃而不傷及樹葉，吹得雲朵小心翼翼地飄動而不遮蔽月光。女人坐在陽台上正等待著什麼。如果她的預感沒錯，樓下的某個巷子很快就要冒煙了。她知道過去一個月讓社區籠罩在恐懼之中的那個縱火犯，不會錯過今天這種日子。公車站垃圾桶和舊衣回收箱著火的當下，都像今晚這樣吹拂著和徐的微風。

女人坐在陽台上，想起某年春天。房東買了一台電視。地上很快便坐滿人。因為這算是社區內相當大的住宅，婦女會成員每隔一個月都會聚集在樓下吃拌麵。房東家的男丁們下班後動不動就喝酒，要是打算續攤，還會無一例外地叫上大家到自己家裡喝。讀國中的大兒子愚人節那天在幾個老師的拖鞋上塗膠水，被懲罰停課一週，五個小朋友就是在這塊地板上計畫這場惡作劇的。只是，這些都沒有比那天來的人還要多。有人拆下屋子裡的拉門，讓地板變得更為寬闊。「哥，有嗎？」在屋頂上安裝天線的房東家小弟弟叫喊道。

「有！」坐在地板上的人們不約而同地回答。

電視正在播放舉辦於塞拉耶佛[13]的世界桌球錦標賽決賽。當時，韓國隊輸了一場，贏了兩場。團體賽的第四場比賽開始。第一局的比分為21：10，第二局為21：23，因此大比分是1比1。李艾莉薩[14]打出犀利的發球，大關行江[15]則迅速回擊，兩位選手來回切磋好幾球。每當兩位選手之間的乒乓球你來我往地飛向對方，母親的腦中也有一顆二點五克的乒乓球正在不停跳動，困擾她一輩子的偏頭痛正是這個時候發作的。李艾莉薩得分的瞬間，人群就會爆發出掌聲。母親沒來由地流眼淚，她不想被其他人發現，於是就把淚水往裡吞。母親在結婚前把一個淚囊藏在胸口，每當她把淚水往心裡嚥，淚囊很快就鼓脹起來。女人因此喘不過氣，所以用左腳踢了母親的腹部。之後，她來到這個鄰居們拍手歡呼的地板上，她來到了這個世界。此前，她在母親的肚子裡待了八個月。只要女人哭泣，母親就會止住淚水。母親腦海裡的記憶逐漸混淆在一起，而女人的腦海則像是灑滿薄荷香一般清新。而在那清新的腦中，安穩地存放著她在母親肚裡八個月的記憶。

⑬ 一九七三年世界桌球錦標賽的舉辦地點為南斯拉夫塞拉耶佛。
⑭ 李艾莉薩（一九五四—），韓國女子桌球運動員。
⑮ 大關行江（一九四九—），日本女子桌球運動員。

終於，東方飄起煙霧。女人打開窗戶，伸出脖子往煙霧的方向望去。輕煙裊裊，那個縱火犯總是只放小火，從來沒燒過房屋或汽車。看來是個好人呢。女人看著那一絲輕煙喃喃道。縱火犯在颳大風時從來不放火，看得出來他並不希望火焰被風帶往其他地方。不久後，煙霧消散。風會對即將熄滅的火低語，想想看你身上還剩下什麼？接著，殘餘的火苗便會竭盡全力燃盡自己。燃燒殆盡過後，縱火犯會在巷弄內亂竄，然後回到家，應該會像結束長途旅行的人一樣倒頭就睡吧。女人一邊想著一邊躺下，卻輾轉難眠。

男人在爛尾樓前停下腳踏車。去年冬季降下初雪的那一天，建築的工程中止了。他曾經和交往數月的女友說：「等這棟樓蓋完就送妳一間景觀最好的辦公室，妳就儘管做想做的事。」當時的一切都那麼美好。男人抬頭仰望那棟樓，要是完工的話，它應該會是這一帶最華麗的建築。降下初雪的那夜，從他二十二歲以來便一起共事的金社長沒有接電話。男人回不了家。一名從商科畢業還不滿一年的女員工雙眼腫脹坐在辦公室內，說著自己什麼都不知道，都是金社長叫自己做的。一個星期過後電話才有人接，對方卻只說了句，那個混帳逃到國外了。男人要償的債是他死亡保險金的好幾倍。男人踩著腳踏車踏板，小腿跟馬拉松選手同樣結實。路線從來都沒有變過，他沿著高中時搭的45號公車路線在夜裡騎行。在高中時期，他的日常生活都聚焦於這條線上。

他騎腳踏車時，腦海裡總是想起相同的畫面。那是體育課的時候。新來的老師自我介紹道自己是馬拉松選手，曾經在全國運動會上得過銀牌。「所以今天跑操場十圈，來，跑起來。」男人跑第一圈就汗流浹背，黏答答的感覺還不賴。於是又再跑了三圈。「你上高中應該能自己生活吧。我去找你爸了。」他想起母親的臉，和她消失前留下的那張紙條。他加快速度，風劃過他的臉頰，母親的眼睛、鼻子、嘴巴全都隨之倒塌。他沒有停下腳步，過一會兒便發現自己身邊已經沒有人了，班上同學都在球場打排球，然而他卻停不下來。六歲時，男人搬到一間有院子的雙層房屋，院子鋪著草坪。他的父親在一家鞋店工作了十五年，而這棟屋子正是鞋店老闆的。鞋店老闆娘去世之後，老闆變賣家產去了美國。男人的父親得到那棟雙層房屋，作為他的資遣費。搬完家之後，父親在客廳中央掛上全家福。就在這時，房子不停地晃動。是地震，男人將頭埋進沙發。相框掉到地上，刻有木紋的地板留下一道凹痕。

他跑得越來越快，年齡也越來越小。

父親在新家有一間書房，只要父親一進書房，就會待在裡面好幾天。父親擁有光是看著別人的腳就能猜出尺寸的才能。看腳看得好厭煩。父親這麼說。母親一直認為自己全身上下最漂亮的地方就是腳，聽到父親這麼說，她流下眼淚。父親去了美國。鞋店老闆寄一封信過來，信上說他在美國開了一間鞋廠，需要一個值得信任的廠長。

鐘響，所有人都回到教室。小子！體育課結束了！體育老師走過來對男人說。他停下腳步。在那之後，男人每一堂體育課都在跑步。

男人抵達45號公車的終點站，他把腳踏車停在公車站後便開始步行。坡路地勢峻峭，不利於腳踏車騎行。坡上有一棟高樓層公寓俯瞰著整個社區。男人沿著鋼琴補習班的後路，走進一條沒有路燈的幽靜小巷。電線桿下方放著泡麵的箱子。他拿出火柴點燃，箱子太過潮溼以至於火柴馬上就熄滅，而他並沒有用打火機。男人再次邁步，突然感到有點寒冷，只剩下一根火柴。他看見大門口一個被丟棄的花盆，花草露出根部，蒼白的葉片，那盆植物好像是生病了。男人從信箱裡把信拿出來點燃，把火焰移到樹枝上。焚燒的樹枝冒出辣人的煙，燻到男人的雙眼，他流了幾滴眼淚。

女人看到掛在牆上的廣告海報，在海報上的是個稍微挺出凸肚、面善的男人，正在和長得跟他一模一樣的兒子一同挑選可麗餅。

「如果是我的話，才不會做這麼沒有想像力的廣告。」

鄭打了聲哈欠說道。鄭最喜歡說「如果是我的話」，而女人偶爾能從這句話裡得到安慰。當時正是交食物模型給日本遊客經常光顧的知名拌飯店的時候，女人製作拌飯、石鍋拌飯、黃豆芽拌飯等等各式種類的拌飯。做模型的時候，中午還一直買拌飯來吃。然而，女人卻被拌飯店的老闆退貨，因為蕨菜看起來太假、蛋黃的顏色太深，而且黃豆芽看起來太僵硬。遭到退貨的那天，鄭晚餐買了辣燉白帶魚給女人吃。「如果拌飯店老闆是我的話，就會在店門口展示那些模型了。我們現在到死都不要吃拌飯吧。」鄭一邊細心地挑著白帶魚刺一邊說著。從那天之後，女人還真的沒有再吃過拌飯。

公關部的P課長在一個小時後出現。「可麗餅世界」總共有六種可麗餅口味，在全國有一百多家連鎖，目前還持續在擴張加盟。如果跟他們簽約，就能做六百份可麗餅模型。鄭向P課長說明食物模型的使用與否會對銷售額產生多少差距。

「您要抽根菸嗎？」

鄭把一根菸遞給正在猶豫不決的課長。P課長叼著菸，在西裝褲口袋摸索著打火機。P課長突然感到一陣怪異，歪著頭拿下香菸仔細觀察。香菸是用合成樹脂製作的。

「完全一模一樣對吧？我們也能把可麗餅做成那樣。」

P課長貌似被鄭的玩笑逗樂，隨即綻開笑容。與此同時他從銀製的菸盒裡取出兩根香菸，將假的香菸放入菸盒中。

女人和鄭打開辦公室的門，大聲吶喊。

「吃完披薩再工作吧！」

「可是我不想吃披薩，買點別的吧。」

尹將焦黃色顏料塗抹在春捲上的同時咕噥道。尹自認最擅長把食物塗得飽含酥脆感，像剛剛油炸過一樣，所以他的綽號叫做煎餃。

「鵪鶉蛋不是用光了嗎？」

朴在倉庫裡大喊。他只要一進倉庫就會很多話。

「先吃個披薩再工作吧。」

鄭進到倉庫裡拖著朴的衣領把他抓出來。倉庫裡從蛋黃到金針菇的模型一應俱全，總共有兩百多種零件。朴把這些零件的位置全都記得一清二楚，所以他的綽號就叫做零件。鄭只要叫一聲「水母」，朴就回答：「C層50號。」

「是很好吃的披薩喔，這家很有名的。」

女人把一塊披薩拿給朴。

「這是在哪裡買的啊？我下班要順路去買。」

朴裝模作樣地說。

「我不是說不想吃披薩嗎？這是要怎麼吃。」

尹一邊抱怨，一邊把披薩丟到地上。

「你幹麼把它丟掉？這麼浪費，這是芝心披薩欸。」

女人指麵包之間的起司說道。

有時候，他們會擺著食物模型聚餐，起初是鄭在開玩笑。公司開業之後有整整一個月沒事情做，他們四個的心裡有點焦急。朴賣掉鄉下的地，尹抵押房屋拿去貸款，女人則在韓國最知名的食物模型公司工作了十年，那是一間擁有四十年製作食物模型歷史的公司。女人提交辭呈時，老闆告訴她再過兩年就會讓她升到製作部室長的職位。所有人都面帶抑鬱地坐著，鄭打電話到中餐廳。「這裡是東瀛大樓三〇二號，我要兩碗炸醬麵、一份兩張皮⑯。」中餐廳的外送員帶著食物到來。將黃芥末醬加到兩張皮上時，女人察覺到那是食

⑯兩張皮（양장피，Yang jangpi）是一道韓國料理，指的是用多種蔬菜和海鮮涼拌的冷盤，通常搭配芥末醬一起食用。

物模型。中餐廳的外送員是在二〇二號工作的男子，鄭做了一盒假香菸送給他當作小費。

「沒加辣醬不好吃。」

女人把披薩塞進嘴巴，假裝咀嚼並說道。她的話讓眾人笑出來。她抬頭看向陳列於貨架上的模型，一顆豬頭正對著女人發笑。

樓梯陡峭且狹窄，兩個人並排走的話，肩膀就會碰到牆壁。茶館內死氣沉沉，連魚缸裡的魚都貼在底部紋絲不動。W坐了很久，前方的菸灰缸裡滿是菸蒂。

「應該要喝點茶吧。」

W抬手喚來服務生。

「葛根茶兩杯。」

W問都不問就幫對方點了葛根茶。

「咖啡對身體不好。」

W露出白牙，有氣無力地笑著，並撈出漂浮在葛根茶中的松子，丟進菸灰缸。男人也喝了一口。「好苦。」他不由自主皺起眉頭。

「打聽過後才來的，我需要護照跟簽證。」

男人低聲輕語道。

「我現在已經不幹那種事了。」

W望向對面的一對中年男女說道。男人也跟著W的視線一同看過去。下顎有縫合疤痕的男子正在和眼下長著痣的女子交頭接耳。女子穿著一件仿Arnold Palmer的上衣。

「正版雨傘沒有紫色吧？」W說。

「有紅色、黃色和綠色，是嗎？」男人回答。

「要很多錢，特別是美國簽證。不過，你是從哪裡打聽到我的。」

「是Q。」

W點頭。Q把W的聯絡方式給那個男人，對他說W是這一行最好的中介。

「Q最近還好嗎？」

「過得不錯。」

男人聳聳肩回答。其實他和Q根本不熟，起初是經營徵信社的國中同學介紹他一個叫做A的人，A又告訴他H的聯絡方式。接起電話的是一個聲音尖銳刺耳的女人，說：「我要講幾次，那個人的電話不是這個。」沒有讓他說話的機會，便把電話掛掉。男人再次聯絡A，只是電話卻關機。他必須再次重新嘗試。在請經營徵信社的國中同學吃牛膝骨、喝雪中梅酒之後，對方才給他Q的聯絡方式，他撥通Q的電話。「我有可能會是Q。」聽起來像是在故意捉弄人的語氣。Q給了男人W的聯絡方式。

「兩百、五百萬韓元。」

男人一下子沒聽懂W在說什麼。

「護照兩百萬、簽證五百萬。」

W身體向前傾並加重語氣。下顎有傷疤的男子朝他們瞟了一眼，好像是聽到談話內容。W反覆地說著這個價格已經是特別優惠，隨後叫來服務生，又點一杯葛根茶。服務生一轉眼，穿著冒牌上衣的女人大聲地哭喊起來，茶館內頓時充斥著她的哭聲。

「唉！最討厭這種糾纏不清的。」

W將手裡拿著的菸扔進菸灰缸，並從座位起身。男人打算握手，但W卻沒有任何反應。W走後葛根茶來了，男人將茶裡的松子撈起來丟進菸灰缸。

興許剛剛下過雨，因此路面溼滑。男人離開茶館之後，朝著和公車站相反的方向走去。他在心中盤算著能夠賣出去的東西。車子能賣到三百萬、存款還有一百五十萬，只要再想辦法找到兩百五十萬就好。夕陽在建築物之間落下。附近貌似有藥材商，空氣中瀰漫著一股熬藥的味道。林立的建築相互依靠著，看起來有點疲憊，像是在對他說該休息了。

每棟建築物的角落都堆滿箱子。冷風穿過毛衣稀疏的線，鑽進他的身體。男人從口袋裡拿出火柴，接著劃開，雙手變得溫暖起來。

「決定好要吃什麼了嗎？」

女人望著在牛腸火鍋和海鮮火鍋之間猶豫不決的母親。從右邊看母親的臉和從左邊看母親的臉，女人感覺像是在看兩個不同的人。每當偏頭痛發作，母親總是將一邊的臉皺起來，隨著時光流逝，那樣皺著臉的表情就被固定住了。左眼比右眼更斜，左側額頭也比右側有更多皺紋。假如女人感到憂鬱，她便不會站在母親的左側。只有當燦爛的旭日東升，太陽像是有人用鮮黃色的紙剪出來的時候，她才會看母親皺起的左臉。

「吃牛腸火鍋吧。」

「妳不是說想吃海鮮火鍋嗎？」

「我改變心意了。」

女人吞下牛腸，連咀嚼都沒有。食物模型做久了，會漸漸地沒辦法咀嚼食物而直接吞嚥，感覺所有食物都是合成樹脂做的。起初並不會這樣，當她還在學習的時候，如果做漢堡排，她晚餐就會去吃漢堡排。盈德蟹、河豚生魚片、鍋巴湯……女人每天都做這些吃不到的美食，然後在夢裡大快朵頤。因此，她的食慾逐漸增加了。

某一次消夜吃豬腳，女人用生菜包著豬腳說：「這怎麼跟真的一樣啊？」吃下生菜包肉之後，又說：「怎麼連味道都像是真的？」坐在一旁的職員給她一杯燒酒。「當然啊，因為那是真的。」那次之後，女人就再也不咀嚼食物了。

女人的母親從包裡拿出橡膠槌，敲向自己的頭。餐廳內用餐的顧客們以驚訝的眼神看向她。有兩樣東西十年來一直都放在母親的包包裡，一個是橡膠槌，一個是人參口味的口香糖。母親偏頭痛發作時會用橡膠槌，感到頭暈目眩的時候則是會嚼口香糖。某一年冬天，父親買了烤地瓜回來，烤地瓜用過期的報紙雜誌包住。母親說曾經看過有人因為吃烤地瓜噎死，所以她不吃烤地瓜。女人吃烤地瓜的時候，母親正在讀報紙。有篇報導上寫著一名男子用橡膠槌治好自己的偏頭痛。因為報紙被撕破，看不到那個人是怎麼用橡膠槌治好偏頭痛的，母親看著相片裡的男子正用橡膠槌敲自己的腦袋，於是便由此推測：「用槌子敲一敲頭，這樣就不會頭痛了。」隔天，母親做了個和照片上一模一樣的橡膠槌。隨著母親用橡膠槌敲打頭部的次數變多，父親也越來越不常回家。父親說他實在無法忍受那個槌子的聲音。「理解媽一下。」女人對父親說。女人一邊聽著母親用橡膠槌敲打頭部發出的聲響，一邊跟著節奏背英文單字。

回家路上，母親唱起了歌。「早知道就說出我愛你……」母親在市內舉辦的「主婦歌唱比賽」上得過「鼓勵獎」，女人在肚子裡和母親一同演唱這首歌曲。母親很幸福，女人也因此而笑出來。社區婦女會也聚集起來幫忙加油。

「鼓勵獎的獎品是什麼？」

「嗯，是什麼去了？突然忘了。」

母親輕快地爬上坡道，女人則是微微喘了口氣。

清晨時，女人聽見敲門聲，她睜開眼。

「我現在才想到，獎品是煤油暖爐。」

母親臉上印著枕頭的痕跡。「好啦，趕快睡吧。」女人凝望母親走回房間的背影。母親把房門開到一半，對女人問道：「不過妳怎麼知道我有參加歌唱比賽的？」她假裝沒聽到母親說話。

女人算了一下停車場裡總共有多少車。每當父親加班，母親就會數著壁紙上的花一整夜。房門外就是院子，所以母親也會呆滯地望著那裡。母親把空蕩的院子當作圖畫紙，用雙眼畫上圖案。母親的雙眼轉動，女人的腦中便會顯現出畫作。那些動物不知道叫做什麼，全部都長著一對翅膀。搬到公寓十五樓之後，母親當時畫的那些動物生動地浮現女人的腦海裡。她覺得自己就算從陽台上往下跳也不會死，因為母親在她身上藏著一對翅膀。當她感到抑鬱，總是會想起藏在身體裡的翅膀。樓下社區隱約飄著一陣煙霧，然而連是否燒起來都無從判斷，煙過沒多久便消失得無影無蹤。

男人牢牢記住菜單上所有義大利麵的口味，約好吃午餐的L卻沒有來。坐在前方的顧客走了，坐在後方座位的人們也已經離開。同學們說L為了上億年薪跳槽到另一間公司。據說他還和一間知名中小型企業老闆的獨生女訂婚。L在學生時期不是那麼顯眼的人。在學期快結束的那段時間，班導師兩眼直盯著L問道：「所以你叫什麼名字？」L意識到班導師連自己的名字都不知道之後，他開始發憤圖強、努力讀書。他還去S市最有名的補習班上課。從放學後的晚上八點到十二點，L會在補習班特別加強國文、英文和數學。一年之後，L的名次上升到全校第五名，他找到那個不記得他名字的老師，向對方說：「現在應該記得住我的名字了吧。」

男人打電話給L。

「抱歉，我太忙了，沒辦法去。好久不見，嗯，你過得怎麼樣？結婚了嗎？」

L一下子問太多問題，男人不知該從何回答起，於是便思索片刻。「我……」男人正要開口時，陌生男子的嗓音從電話那頭傳來。「好，知道了。我馬上過去。」L的聲音聽上去很疲倦。

「我過得還不錯。沒事，就只是想看你一下才打電話，我還沒結婚。」

男人像L一樣，一次回答對方所有的問題。

「怎麼這麼喜歡跑步啊？」L對每次體育課都在跑步的男人問道。「因為我知道，世界上沒有人會站在我這邊。」男人擺出漠不關心的表情回答。偶爾L會跟著男人在操場跑步。父親離開之後，母親會把自己關在書房。社區鄰居們說那間書房有鬼，鞋店老闆娘也是在書房裡死的，服用過量鎮靜劑自盡。母親離開他之後，男人會在書房睡覺，每到半夜兩點就會醒來，瞬間的痛楚像是被刮鬍刀劃破心臟。在那些日子裡，男人會坐在書桌前看著窗外直到黎明。L陪著他在操場上跑步的話，他就不再遭受失眠的折磨，能夠睡得安穩。

「你知道我那時候很欣賞你吧？」

話一說完，他突然很想念L，想念那個笑得純真，會對他說「不是還有我嗎？能這樣大口喘氣感覺真好」的L。

「混蛋！你需要多少？說說看。」

男人掛斷電話，點了海鮮義大利麵和沙拉，吃得乾乾淨淨。男人曾經是社區裡鞋子最多的小孩。父親工作的鞋店裡有他想穿的鞋子，老闆都會送給他。在男人生日那天，鞋店老闆送他一張粉紅色的卡，上面寫著「終生免費鞋子禮券」。鞋店老闆是個和藹可親的人。父親要是很晚還沒回家，母親就會讓男人去鞋店看看。父親和鞋店老闆在打烊的鞋店裡喝酒，火爐上總是煮著熱氣騰騰的辛奇火鍋或是部隊火鍋。喝醉的父親說：「不然要怎樣！」年幼的他則模仿父親的語氣，也說著：「不然要怎樣！」父親聽到後就會給他喝一口米酒。父親從美國寄禮物回來，是一隻按下按鈕就會敲鈴鼓的猴子玩偶。他也送過屁股會跟隨溫度變色的玩偶，和翻過來就會變成別種動物的玩偶。升上國中時，男人寄了封信給父親：「我現在國中了，可以送別的禮物給我。」然而在那之後，他完全沒有收到任何禮物。

男人沿著45號公車路線往返三次。公車站貼著45號即將更換路線的公告，新的路線不會再經過他曾經就讀的高中，和他心情煩悶時散步的中央公園。男人在巷弄間狂奔。他曾經燒過大門前的報紙堆，那棟房屋如今還留有焦黑的痕跡。舊衣回收的箱子換成了新的，他將目光轉向那些停放整齊的汽車，還是我把那些車燒掉？心裡的衝動迸發。他嚥下口水，抽出夾在汽車擋風玻璃上的廣告傳單，在社區繞個一圈就能收集到很多。他點燃那些紙張，穿著比基尼、姿色妖豔的女子身體燃燒起來。男人感覺好像只有那個女人能安慰自己，他蹲坐在藥局前打了通電話。

「是誰啊？這麼晚了。」

L半睡半醒地接起電話。男人說他需要三百萬後，即刻掛掉電話。

「可麗餅世界」的P課長打電話過來，鄭接起電話，做出「OK」的手勢。聽說他們有一百二十家連鎖店，朴在雀躍得意之餘，還不忘把煮熟的雞蛋放在石鍋拌飯上。女人坐在桌前端詳火柴盒中一根一根的火柴。

「妳心情不好嗎？」

鄭走過來的同時，她回答道：「什麼？」

「『可麗餅世界』打電話來了。」

尹正在幫炸豬排上色，並高聲喊道。

「啊，妳說那個啊，很開心啊。」

女人生硬地回答，接著便低頭專注地挑選火柴棒。火柴棒模型製作起來很容易，跟黃豆芽的難度差不多。先從火柴盒裡挑選十五根火柴棒當作模具，把合成樹脂倒入模具，拿到烤箱烘烤後上色，比起其他東西來說簡單很多。女人製作了兩百多根火柴棒，將它們放進火柴盒中看起來十分逼真。

「做那個要幹麼？」

鄭不悅地說。

女人走進倉庫，拿出生啤酒杯。「不知道是誰做的，但做得真好。」她一邊看著杯子裡的假啤酒，一邊心想。光是用看的就讓人感到暢快清涼。

「來，喝這個消消氣。」

女人乾杯。

「我沒生氣啦。不過，妳為什麼該高興的時候不高興？」

「我也很高興啊。可是高興並不一定就要笑出來吧。」

鄭往後一仰，做出真的在喝酒的模樣。女人很感謝鄭，因為她是個爽快的人。鄭要是半夜醒來，一定不用多久就會再次入睡。每個滿月時分，女人都會萌生出從公寓十五樓往下跳的念頭。為了抑制那股衝動，她會回想李艾莉薩得分的瞬間，鄰居們坐在地上拍手的面容。如果把這些事情告訴鄭，她一定會問：「妳還記得那些人長怎樣喔？」

發生幾次火災之後，社區民眾逐漸有所警覺。商店不再堆箱子在路邊，居民也只會把不能燒的垃圾放在外面。女人在路燈稀少、寥落僻靜的巷弄間閒晃。街道很乾淨，看不到任何可燃物品。她從信箱內拿出信件，大部分是通知單和喜帖，不過多少也有幾封信件，其中還有從軍隊寄來的。女人將那些信重新放進信箱，僅留著電話費通知單和信用卡帳單等文件。縱火犯今天一定會來。女人的預感從來都不會出錯，就像她母親從前那樣，一說妳爸回來了，過幾分鐘之後，父親就按響門鈴。女人還在腹中三個月又幾天的時候，母親就預感到外婆即將過世。當時母親正與父親前往後山，因為街頭巷尾有許多鄰居聲稱喝山泉水之後生下兒子。水喝到一半，母親就無力地癱坐在地上哭了起來。因為在泉水邊哭得太慘，母親在葬禮上並沒有流淚。女人在母親的肚子裡代替她哭泣。

女人在巷子裡丟下剛剛收集的通知單，而後坐在十字路口邊的藥局前等待破曉時分。坐在那裡可以看到從公車站走過來的人。有輛計程車駛過，下車的男子往女人這邊瞧了一眼，便朝著韓藥房的巷子走去。一個戴帽子的人從對街的便利商店走出來。女人搖搖頭，不會是他。晚風輕拂她的額頭，悄悄地說：「哪裡燒起來了？」

沉重的腳步聲傳來。「這個人的鞋子會磨得比一般人還要快。」

女人聽著那一道道聲音，心裡這麼想。

修長的影子站到女人身前，來者背對路燈，她看不清對方的臉。

她用顫抖的嗓音問：

「在那裡的，是你嗎？」

初次見到W的那間茶館正在內部整修，男人打不進W的電話，於是只能站在茶館門口等待。過了一段時間後電話來了。

「換一個地方。」W急促地說道。

W在下一個地點照樣沒有現身。男人打電話給介紹他W的Q，一個尚未經歷變聲期的少年接起電話。

「號碼是對的，但不是Q的電話喔。」

少年像答錄機一樣回答，似乎是經常接到打來要找Q的電話。男人打給經營徵信社的國中同學。

「Q？Q是誰？啊！我其實不知道那個人是誰，他也是別人介紹的。」

國中同學說他完全不認識Q和W。隔天，報紙上刊登了偽造護照的組織遭到破獲的消息。其中，W的照片也被登上去，卻因為照片太小而看不清究竟是不是他。照片上方有一張更大的相片，那是一個叫做「神手」的人，報導提及他經手製作的護照連專家都難以辨別真偽。

男人撥通了A的電話，那是國中同學最初介紹給他的人。他告訴A自己打了對方給的電話，卻是別人接的。

「是一個女生接的嗎？那是H的老婆，她個性很爛對吧。H因為刷卡喝酒又賭博輸錢，手機被拿走。再打一次看看吧。」

A親切地回答。男人撥打H的號碼，對方充滿防備地接起電話。

「現在很不是時候，你一個禮拜之後再打給我吧。」

男人看見紙張被丟棄在每個巷弄的牆角，其中大多是電話費的通知單。他查看帳單，有一家人每個月的電話費超過十萬韓元，也許是有個正在讀國高中的女兒，每晚都打電話聊著晚餐吃什麼、導師怎麼出那麼多作業。也有的家庭比起一般電話費，付了更多國際通話費，家裡是有小孩出國留學嗎？數字會透露出許多故事。信用卡費七十六萬元，對帳單上的地點如出一轍，看來這個丈夫會因為害怕妻子先拿到帳單而忐忑不安好幾天。他看著信封上的地址，心想，要不要把它放回原來的信箱？只不過這個調皮的想法在他腦中轉瞬即逝。

男人沒有留下童年的相片。在那些睡意闌珊的夜裡，他會到院子裡燒掉一兩張照片。照片一旦燃燒起來，其中的影像便會在幽暗裡重生。隨著不眠之夜漸增，相簿變得越來越輕薄。只要風一吹，灰燼消散，照片裡的他飛往無法到達的世界。相簿裡不再有任何照片之後，他就焚燒那些貼在牆上的電影海報。電影海報所蘊含的故事，並不是用一張紙就能寫完的。那些故事化為灰燼，四散飛向遠方。男人將紙張聚在一起點燃，電話費帳單著火的瞬間，他隱約聽見有個不可言喻的聲音在自己的耳邊呢喃，埋藏於數字之間的故事擺脫紙張的束縛飛向天際。風縷縷拂過，好讓那些故事能直上蒼穹，天空立刻變得喧囂。男人像尋寶一樣在巷弄間尋覓被丟棄的帳單，喜帖和交通罰單坐落於下個巷子的角落。他拿起喜帖，照著上面的地址四處亂逛。先不管其他的，那些該被祝福的人就應該要得到祝福。他將喜帖放回信箱，感覺自己像個郵差。

「這是我第一次坐腳踏車。」

女人說。

「這是我第一次後座載人。」

男人說。有輛卡車幾乎要與他們擦肩而過，男人握緊雙手，試圖不讓腳踏車晃動。

「跟上那輛卡車看看。」

女人說。

「抓緊嘍。」

男人使勁踩著踏板。

每次經過站牌，男人都會對女人說：

「這站叫做南部市場站，但是這裡沒有市場。好笑吧……有看到那間服飾店嗎？我以前住的社區也有那種服飾店，有時候我會因為看錯這兩間店而下錯站，哈哈……我第一次喝酒是在這座公園，也有在這裡睡過覺……有看到那棟紅磚砌成的雙層樓嗎？被高樓擋住，不大看得到對吧，我再騎到近一點的地方。妳看，這就是我以前住的房子。」

男人在那棟雙層樓房前停下腳踏車。

「我媽媽的願望是住在這樣的房子裡。有次走在路上，媽媽看到院子鋪著草坪的雙層樓房，就對爸爸生氣。啊！她當時看到的就是這樣的房子啊。不曉得草坪有多綠，我的眼睛都染成綠色了。」

女人出神地注視著雜草叢生的院子說道。

女人給了男人一個巨大的火柴盒。

「用這個把那棟房子燒掉吧。」

「那房子現在不是我的，被銀行收走了。」

「你忘得掉那棟房子裡的東西嗎？」

男人劃開火柴，卻不見火花四射。

「怎麼樣，跟真的一樣對吧？這是送你的禮物。」

「喔！謝謝妳，哈哈。我很喜歡。」

男人將火柴揣在懷裡，女人伸手摘下他頭上並未燒毀的紙屑。

女人再次乘上後座。男人對她說自己很快就要去美國了。47號公車正停靠在公車站。

「要不要跟著那輛公車？」

男人說。女人抓緊他的腰，訴說起她在母親肚子裡八個月的孤獨。女人將耳朵貼在男人的背上。我相信妳說的。她聽見男人身體裡傳來的聲音。

那個男人的書，第198頁

總有一天妳大概會讀到這本書。

該不會妳也像我一樣只讀第 198 頁吧？

去找那個在公園擺地攤的人，有妳的禮物，海鷗。

女人在晚上十點入睡，她下班回家之後，會花很多時間洗澡，一個月的水費往往超過五萬韓元。為了節省生活開支，她把手機停用，每週打一次電話給母親，每個月用網路匯錢給還在念高普考的弟弟。在被醫生診斷出神經性胃炎之後，女人每次吃飯都一定要嚼個一百次以上，飯後三十分鐘還要吃藥。在圖書館工作八年，她從不看書。那個，請問複印卡要去哪裡買呢？那個，可以借我一下筆嗎？那個……女人在圖書館聽到「那個」的時候都會習慣性地轉頭，「那個」比自己的名字還要更令她感到熟悉。住在對面的男子搬走時送給她一台腳踏車，她每天就騎腳踏車上下班，大概要花四十幾分鐘。五點三十分下班後，她吃晚餐、看日日連續劇⑰和新聞，轉眼間就到晚上十點。女人心不在焉地望著牆上的霉斑直到睡著。隔天早上五點，她分秒不差地睜開雙眼。

女人將鬧鐘設定為五點，卻在音樂響起的十分鐘前醒來。也許是睡錯枕頭，她沒辦法把頭往左轉。她做早餐時想著要不要吃吃看新廣告的香米，那是故鄉的道知事親自上電視宣傳的米。咀嚼米飯時要數一百下，她感到厭煩，於是便在心裡唱歌，一首童謠配一口飯。

腳踏車是深綠色的。之前住在對面的男子會讓他兒子坐在腳踏車後座，繞行公園一圈。他兒子的左腳彎曲，無法靠自己騎行。腳踏車上大大地寫著電話號碼，不管怎麼擦都無法拭去，數字「5」很像他兒子歪扭的腳。上坡路的盡頭是一塊招牌，上面寫著「雅幽美容院」，那是棟老舊的房屋，好像一旦積雪，天花板就會塌下來。「雅」字已經脫落，所以從遠處看的話，只會看到「幽美容院」。看著「幽美」二字，女人身體不聽使喚地打顫，好似有人在她背後吹來冷冽的寒風。她在三岔路口香氣四溢的麵包店前停下腳踏車，買完起司法國麵包之後，又再次騎上腳踏車。下坡路讓她產生想要閉眼的衝動，眼前風景穿透她的身體。騎腳踏車下坡的瞬間，她感覺自己像個善良的人，彷彿能原諒一切。你好！女人虛偽地微笑，舉起右手對著斑馬線上的行人打招呼。經過下坡路後向右轉是一所高中。有一次，女人看到一個穿著校服的女孩搖晃地走在校園的圍牆上。

---

⑰ 韓國平日播出連續劇的稱呼，類似於台灣的八點檔電視節目。

「有路不走，妳為什麼要走在圍牆上？」女人停下腳踏車問女孩。

「真沒意思！」女孩回答。

女人摸著晃蕩地懸掛在襯衫上好似要掉下來的鈕釦，跟著她說：「真沒意思！」說出口的一剎那，她遺忘了母親唉聲嘆氣說著生意很差的模樣，也將W只說一句「我覺得妳很煩」之後便轉身離去的背影給淡忘。女人一邊繞行校園圍牆，一邊喊著「真沒意思！」，正往路上灑水的文具店老闆睜大雙眼盯著她。女人看見遠處的圖書館，在門口站崗的警衛對她行禮。

女人凝望著右手打石膏的男人。男人身旁堆了十餘本書。

「一隻手打著石膏是怎麼把那些書搬過來的？」女人心生疑惑。

男人讀書的方法有點特別，一本書不會看超過五分鐘。他將書本打開並快速翻頁，翻到自己要找的那頁之後便停下來讀。女人的視線越過男人肩膀，望向坐落於山腳下略微傾斜的社區，一共有四個橘色屋頂、兩個綠色屋頂和五個灰色屋頂。男人讀的書都以「ㄱ」[18]字開頭作為書名。他挪動身軀，女人又看見一個橘色屋頂。女人曾經想過，只要那邊的屋頂有一間換了顏色，她就立刻辭掉圖書館的職務。

「為什麼盯著我看？」

不知何時，打著石膏的男人來到女人跟前。近看才發覺男人的臉透著一份稚氣，大概二十三歲左右，額頭上留著一個V字形的傷疤。

「我是在看窗戶外面，從我在這裡工作以來，連一棟房子的屋頂都沒換過顏色。」

女人緊盯男人額頭上的傷疤回答道。男人並沒有回到座位上。一名女學生拿著書站在男人身後。

「其實我想請妳幫我一個忙。」

男人用和「為什麼盯著我看？」完全相反的語氣說著。他身後的女學生發現自己不用排隊，於是走近把書遞給女人。男人伸出他打石膏的那隻手。

「妳能不能查到這個人借過的書？」

石膏上寫著許多名字，男人指向其中一個名字：徐閔京。

「不是本人的話沒辦法查喔。」

那名字是用橘色寫的，男人那隻指著名字的手指頭好像也變成了橘色。

⑱韓文的首字母為「ㄱ」。

「那個……電腦好像有問題。」

坐在電腦搜尋台前的學生朝女人叫喚。

一名戴著黑色帽子的工人爬上綠色屋頂，弟弟打來電話，哭喪著說這是他最後一次跟女人拿錢，這次再落榜的話，姐姐說什麼他就做什麼。母親賣掉房子開了家店卻沒有客人，她做的凍明太魚鍋太鹹了。好吃嗎？每次母親這麼問，她總是點點頭。妳覺得好吃，那為什麼會沒客人？母親嘆氣說著。所以她現在還沒辦法捨棄圖書館的工作。工人正在屋頂上刷油漆，綠色之上刷的依然是綠色。女人記得那個名字：徐閔京。那個人每個星期按時借五本書，獲得過「年度圖書王」的獎項。一年之中借閱最多書籍的人能夠獲得該獎項，獎品則是一支刻著圖書館名字的手錶。女人走向男人，他仍然在閱讀「ㄱ」開頭的書籍。

「你是想找什麼？讓我知道才能幫你。」

她看著男人手中的書。閱覽室時鐘指向五點，閉館時間到了。

「我女朋友寫給我一封信，信上要我看198頁。」

男人從包包裡取出一張滿是縐紋的紙條，遞給女人。「看XXX這本書的第198

頁，裡面有我想對你說的話。」紙條上如此寫著。「這本書」前還寫了幾個字，卻因為浸過水而難以辨認。女人抬頭看向刷油漆的工人，屋頂綠得更加鮮明。其實，她覺得橘色比綠色更適合那片屋頂。

「你不能問問你女朋友嗎？」

傳來拖動椅子的嘈雜聲響，人們陸續離開閱覽室。男人環顧四周，皺起眉頭說道：

「沒辦法，她已經死了。」

男人額頭上的V字形傷痕兩邊些微彎曲，像一隻海鷗。他只要一皺眉頭，就好像海鷗張開翅膀翱翔在天邊。不知道從哪裡傳來一陣魚腥味。

外面下著細雨。到底是什麼啊？女人在關上資料室的門時自言自語。站在一旁的工讀生問她：「妳說什麼？」女人歪著頭走下樓梯。女人站在圖書館大廳時，有人與她擦肩而過，使她失去平衡而晃了晃。牆上「圖書館內請保持安靜！」的句子在她眼前一閃而過。大廳裡連一絲細微的腳步聲都震耳欲聾。突然一道無法忍受的嘈雜聲傳到她的耳朵，打著石膏的男人正站在販賣機前。

「妳找我嗎？」

男人從販賣機取出兩罐咖啡並說道。女人喝一口男人買的咖啡。

「我會幫你。」

女人的話響徹整個圖書館大廳。

「明天這裡休館，我今晚跟你一起找，沒有別人在會比較方便。」

女人在閱覽室內關上門，印出徐閔京的借閱書籍清單。

「我幫你找，你明天要請我吃早餐喔，海鷗先生。」

男人瞪大雙眼直盯著她。

「海鷗？」

女人指著他頭上的V形傷疤說道。

「你的綽號，那個傷疤很像海鷗。」

女人一次放十本書在海鷗面前，等海鷗讀完之後再放回書架上。海鷗會把某些句子抄寫在筆記本上。太陽開始下山了。

對女人說她很煩之後便拋下她離開的W，只收集日出和日落的照片。W說過，仔細看的話就能找到照片上日出和日落的不同。「注意看！這裡，湖面泛著紅光，日落的時候光會比較柔和一點。」然而女人不管怎麼看，都分辨不出哪一張是日出、哪一張是日落。太陽懸在早上刷過油漆的屋頂上方，女人茫然之中有一種感覺：日落比日出還要聒噪。屋頂上方的太陽彷彿急著將今天發生的事都告訴人們。說吧！我會聽。女人對著太陽頑皮地眨眼。

「那個，她在這行底下畫線。『那個人喝了兩杯紅茶，我喝了一杯咖啡。』」

海鷗唸出書裡的一行字。

「我們第一次見面的時候，我喝了兩杯紅茶，她喝了一杯咖啡。這是我們兩個的暗號。她跟我吵架的時候不會點咖啡，我如果對她有什麼不滿，也不會點紅茶。」

或許是因為背對著夕陽，海鷗的臉蒙上凝重的陰霾。

「這裡還有一句。『深夜時樹枝禁不起雪堆的重壓，終於折斷了。而後，春天來臨。額頭上的傷疤開始發癢。閉上雙眼，陽光經由傷疤滲透進來。』大概是她想讀這段文字給我聽吧。她心情不好的時候，只要撫摸我的傷疤就會感到安慰。」

海鷗閉上雙眼靜坐了一下子，那副表情貌似書架上所有書一瞬間全都掉到地上他也不會嚇到一樣。

過了十點，女人靠在椅子上睡著了。海鷗遇到喜歡的句子就抄在筆記本上，並大聲朗讀出來，女人每次都被他吵醒。有一次，海鷗把女人搖醒，遞給她一本薄到不足兩百頁的書，那本書只能翻到196頁。這是什麼？女人說話的同時，海鷗又翻了一頁。雖然書上沒有印出數字198，不過下一頁也能算是第198頁。上面寫著，出版人：徐閔京。女人睡意尚未褪去的臉上浮現出笑容。「哈哈哈！」男人不知道有什麼好感到驕傲的，雙手扠腰大聲笑著。到了清晨時分，海鷗的筆記本已經寫不下任何句子了。女人在凌晨五點時睜開雙眼，那時海鷗正睡在他當作枕頭的書堆上。

「該吃飯了吧！」

女人叫醒海鷗。戒指在V形傷疤旁邊印下一個小圓圈。女人用手指著海鷗的額頭說：

「日出就在海上飛翔的海鷗先生，要吃什麼？」

他們點了醒酒湯。店內座無虛席，滿是一大早就來喝醒酒湯的人們。店長在公園前做醒酒湯三十幾年了，他沒有將牛血放入醒酒湯，而是單獨放在小盤子裡。

「因為有女生，所以我把牛血分開放。要吃的話就請你們自己放到湯裡。」

店長親切地說著。海鷗把牛血放到湯裡，女人則沒放。蘿蔔辛奇很大塊，女人將其咬成一半，而海鷗則是整塊放進嘴裡嘎吱嘎吱地咀嚼。

海鷗坐在公園長椅上抽菸。女人出於好奇心，望著一個脖子上掛著拍立得相機的男人在公園閒逛。我一次都沒拍過拍立得……女人一邊搧掉往自己飄來的煙，一邊喃喃自語。有人攤開墊子、擺出雜貨。攝影師疑惑地朝那個方向走去。

「她被車撞，那輛車肇事逃逸，我就在不遠處目睹一切……但不管怎麼樣都想不起車牌號碼。」

海鷗吐出煙霧時說道。一名老爺爺站在斑馬線的那一邊，他身穿不合時宜的冬季夾克。紅綠燈切換了幾次，老爺爺卻沒有走過斑馬線。海鷗把頭靠在女人的肩膀上，不知不覺間好像睡著了。女人將海鷗的頭移到長椅的椅背上。腳踏車車座被雨淋了一整夜，變得溼漉漉的。女人經過高中的圍牆，吃力地騎上坡道回家。

會議冗長又枯燥，新來的館長說要將圖書館改造得更親近市民。他是位很久以前在文學雜誌出道的詩人。圖書館被當作用來準備考試的地方，而不是讀書的空間，這讓他比任何人都感到難過。為了讓圖書館更貼近市民，職員們逐一繳交提案。館長收到提案之後便一一審閱。其中有每個月邀請一位作家來演講的提議，而那是本市最大間的書店「東亞書店」已經在做的事了。

「不如請作家開一個創作工作坊怎麼樣？」

定期刊物室的H說。

「百貨公司的文化中心已經在做那個了。」

不久前傳聞和H在一起的S回答。S說話有一種金屬聲，聽不到兩句就讓人頭痛。

館長讀起另一份提案。

「還有人建議在每張椅子上刻一個作家的名字。這裡是什麼劇院嗎？」

職員們像是說好了一樣笑出來，音調和笑聲還出奇地一致。又有人建議為了讓老年人能夠躺著讀書，要建造暖炕。館長摘下眼鏡，用手指按壓眉間。那個提案是女人寫的。她寫道：每個走廊都放上柔軟的沙發，讓人們都能斜躺著看書；在屋頂放海灘椅，讓人們讀起書來有在海邊玩的感覺；建造暖炕，讓人們都能躺著或趴著看書。

「這點子很有趣。」

館長將女人的提案對摺，夾進自己的小本子。

「真好啊，被館長注意到了！」

H走出會議室後把手搭在女人肩膀上說。

「真沒意思！」

女人撥開H的手並說道。

女人正在用釘書機固定住封面被撕掉的書。她停下來端詳書的封面，上面畫著一個男人在雲朵上釘釘子。雲朵隨著觀賞的角度不同而形狀各異，從正面看像個杯子，從右側看像個緊握的拳頭。前輩。工讀生兢兢業業地呼喚女人，把資料夾遞到女人面前，上面記錄著尚未還書的名單。

「這些人都不接電話。」

工讀生用手指著畫上紅色底線的人名。那些人一定是借完書之後搬家，不然就是故意寫錯電話號碼，這種情況下很難把書找回來。女人握緊雙拳，突出的指節看起來比想像中還要結實，似乎只要有人招惹她，就能立刻給對方好看。她在空中揮舞雙拳。將書倒過來看後，雲朵形似人的側臉，而男人拿著釘子的左手對準人的頭部，好像那個人正在對男人揮動著槌子。女人快速翻過書頁，像是要把那個畫面從腦海中抹去一般。「過去了。」第198頁從這一句話開頭。她對「什麼過去了」感到好奇，卻沒有翻回前頁，而是開始思索以「過去了」作為結尾的句子。

女人望著那位每週來三、四次圖書館讀書、戴著褐色牛角框眼鏡的老先生，想到這樣的句子：「我年逾古稀，所有的磨難都撐過去了。」望著坐在老先生旁邊，那位濃眉的中年婦女，女人想到這樣的句子：「我等待著他，等到青春年華都過去了。」女人還想到一個句子，適合那個坐在角落讀著奇幻小說的高中生：「我想她的時候，就從她家門前走過去。」女人細細品味讀者們的表情，注視著那些咬著指甲讀書、每翻一頁就淺淺微笑、打瞌睡一個多小時，以及在書架間來回走動的人們，一直到牆上時鐘指向五點。

「今天就這麼過去了。」

女人對著人們離開圖書館的背影說。工讀生聽到她的話之後噗哧一笑，接著揶揄道：

「明天也會就這麼過去的。」

「後天也會就這麼過去的。」

女人將堆疊於書車上的書插回架上時說道。書架另一邊的工讀生大聲回應：

「這輩子也會就這麼過去的啦！」

女人笑出來，工讀生也跟著笑了。女人笑著笑著頓覺自己輕快的笑聲異常生疏，於是遲疑了一下。我的笑聲是這樣嗎？她腦中的思緒一掠而過，而後便扠著腰笑得更加豪放。

女人上班的例行公事是打開電腦，檢查圖書搜尋系統能否運作，接著她會走到窗邊拉開百葉窗，一一確認屋頂的顏色，之後伸個懶腰開啟一天的工作。然而現在的她，一上班就直奔書架。自百葉窗縫隙透進的微光柔和地照在書本上，女人在書架間徘徊，挑選一本書，翻到第198頁閱讀起來。遇見喜歡的句子時，她並不會抄寫在筆記本上，而是反覆朗誦個幾次，將其刻印在心上。該頁以「槍」字結尾，她的目光自然而然移動到下一頁，只是她卻狠心地閉上雙眼。到下班以前，她用「槍」字開頭造了數百個句子。

女人讀到「把熟馬鈴薯搗碎」這個句子，她再三思索「搗碎」這個詞語。弟弟喝酒醉時對她伸出手這樣說過：「姐姐！我想把這隻手搗碎。」他哭著說每次考試前都有股衝動，想把自己的手伸進經過的車子輪胎下。當時認為他只是在發酒瘋，但是現在想起來，這段話卻讓女人感到心痛。「她每天喝滿五公升的水，我每天吃五頓飯，我們開始交往了。」有人用藍筆在這個句子底下畫線。隔天，女人買了十瓶五百毫升的水去上班，在午餐前喝兩公升，去五次洗手間。因為喝得太飽沒吃午餐，下午又喝三公升。她感覺全身都被徹底地淨化了。

「妳有沒有遇過一天能吃五頓飯的人？」

女人在洗手間門口遇到S，並向她提問。

「我周遭沒有那種像豬一樣的人。」

S感冒了，她的聲線聽起來比平常的金屬音舒服很多，女人心想要是S感冒不會康復該有多好。

「你有認識一天能吃五頓飯的人嗎？」

H要去定期刊物室，女人趁機問他。定期刊物室和文學資料室不同，裡面人滿為患。H雙眼死盯著正在看時尚雜誌的女學生，小聲地說：

「妳等著看，那些小孩一定會把雜誌撕掉。對了！我有個朋友一天吃六餐，超胖的。」

出乎H的預料，女學生們將雜誌讀完便放回原位。

「有的話介紹給我認識。」

H聽到女人的話，緊皺眉頭。

「妳有病嗎？」

「在我父親親自打造的房子裡走路，地板便會嘎吱作響。在那棟房子裡我總是晚起，也很晚才吃早餐。倒塌吧，倒塌吧。我每天都像在念咒一般自語，只是房子仍舊不為所動。」女人讀到這段話的那天，圖書館的布告欄貼上新的公告，上面寫著「建立韓國第一間像家一樣的圖書館」。在圖書館裡面蓋小房間，不覺得很好笑嗎？嗯，感覺還不錯吧。一對男女在公告前各抒己見。女人剛上小學那年，父親和鄰居有些小爭執，他認為鄰居家的圍牆占用到家裡的空間。鄰居拆掉舊建築蓋新房，建造圍牆時加寬了三十公分。「你看！以前從這裡到圍牆要五步，現在四步半就到了。」父親從院子的廁所大步走到圍牆處。鄰居則說當初是女人家的圍牆先蓋錯了，現在這樣才把當時的錯誤改正。父親用錘子把牆砸碎，房子隨著敲擊咚咚作響。女人一邊聽那聲音，一邊閱讀國語課本。父親在原處建起新的牆。一個月後，鄰居拆掉那堵牆，並在他們原先認定的界線上又蓋了新牆。那個地方每個月都會建起新牆，而後倒塌。女人聽著敲擊聲念完小學一年級，弟弟看卡通的時候總是把電視音量調到最大。最後，鄰居找來土地測量師，證明父親是錯的。在那之後父親做什麼都失敗，不過女人卻覺得那是最幸福的時光。父親砸牆的時候，母親正在煮刀削麵，之後一家人圍坐在方桌邊吃麵。父親額頭上的汗珠滴落到麵碗裡。據她回憶，當時的刀削麵特別好吃，一點也不鹹，也沒有麵粉味。她將食指放到那句「倒塌吧」上，如同父親額頭上的汗珠，某個東西也「滴答」一聲，掉了下來。

那本書的名稱有點古怪：「蚊帳」。然而女人並未被書名吸引住目光，而是注意到那本書被倒著插在書架上。偶爾會有人把自己想看的書這樣倒放著，特別是那些沒辦法出借的書。每到考試期間，也會有學生把自己需要的書放在完全不同分類的地方，或是反著放進書架，使書名不被看見，為了讓其他人找不到那些書。女人將書轉正，習慣性地翻開第198頁，頁裡夾著一張紙條，上面寫著：「總有一天妳大概會讀到這本書。該不會妳也像我一樣只讀第198頁吧？去找那個在公園擺地攤的人。有妳的禮物，海鷗。」讀完紙條上的內容，女人想起海鷗額頭上的傷疤，這個奇特的點子應該是從那個傷疤裡冒出來的。她突然想撫摸那道傷疤。

不合時宜地身穿冬季夾克的老爺爺仍站在斑馬線前。一名手提冒牌Prada包包的女子站在老爺爺旁邊，她突然摀住鼻子，電話鈴聲響起。「妳的電話來了。」老爺爺碰了下女子的肩膀，微笑著露出一口黃牙。「喂？」女子接起電話，拍了拍被老爺爺碰到的肩膀。紅綠燈切換，女人和那名女子在馬路上並排行走。和那位老爺爺一樣，那名帶著拍立得相機的攝影師也依舊在公園四處閒晃。留著濃鬍的男人正在販賣墊子上成堆的物品，他坐在釣魚椅上，削著和手掌一樣大的木頭，不知道是在製作什麼。

「隨便看看吧！」

男人望向她，以生澀的語氣說道，接著便繼續專注地削木頭。女人注意到她小時候在校門口文具店看到的那些粗製濫造的塑膠玩偶，其中有些沒有頭、有些沒有腳。除此之外還有彎曲的車牌、看不出是屬於哪一國的硬幣、故障的電話和刻著大寫字母K．L．S的戒指。女人翻找那些亂七八糟的雜貨。

「這是拿來做什麼的？」

女人指著斷了線的羽毛球拍。

「除了打羽毛球之外的所有事。」

汗水從男人額頭上深沉的皺紋流下。他因為皺紋的關係，看起來很疲累。女人心想要是賺了錢，第一件事就是花錢把那個男人的皺紋給消除。女人在雜亂的物品當中發現一張拍立得照片，那是一隻打著石膏的手臂。仔細一看，石膏上寫著：「姐姐，謝謝妳。」那是海鷗的手臂。

帶著拍立得相機的攝影師正坐在店鋪裡吃烏龍麵。

「一天都拍不到一張啊，這陣子。」

攝影師對著店鋪裡雙眼皮深邃的女子說。濃厚的鯷魚湯味在店裡飄散，女人一聞到這股味道便突然感到飢餓。

「我要一碗烏龍麵。」

女人坐在攝影師的對面吃起烏龍麵。

「是不是該換去其他地方拍？」

攝影師話一說完，店裡女子的眼神晃動。

「大叔！幫我拍一張照片。」

女人說完話後迅速地喝完烏龍麵的湯。麵條有麵粉的味道，不過湯喝起來很舒爽。

攝影師聽到女人只想要拍手掌，就疑惑地看著她。

「上次也有個小子說只要拍打石膏的那隻手，是怎樣？」

女人在手掌上寫道：「海鷗啊！我也很謝謝你，你到底去哪裡了？」她把字寫得太大，於是「你去哪裡了？」這句話被寫到了手指上。手掌感到很癢，她邊寫邊笑。看到照片之後她才知道沒有拍到問號，所以她在小指畫上問號又再拍一張。隨著照片漸漸顯影，女人發覺那完全不像是自己的手，照片裡只有一隻陌生的手掌，一隻不知世間疾苦，胖嘟嘟的手掌。她將拍立得照片放入塑膠袋，去找那個賣雜貨的男人。

「請你幫我保管一下這個。」

女人把照片交給男人。

「小姐！妳把我當作郵差嗎？好啦，就丟在那裡吧。」

穿越過公園時，女人無意中回頭望去。賣雜貨的男人正看著女人交付給他的照片笑著。地墊隨風起舞飄揚。

社區裡的商店買不到廣告的香米，女人常去的那間「誠信超市」的老闆也沒有聽說過那種米，因此女人去了一家全國連鎖的超市，那家超市有很多商品買一送一。超市附贈乾電池，於是她買了手電筒；超市附贈煎餃，於是她買了水餃。她往人群聚集的地方走去，兩盒喉糖只賣一盒的錢。她還為了一台附送兩盒底片的拍立得相機而猶豫老半天，因為那是她一個月的水費。買的東西太多，最後她坐計程車回家。她拍下計程車司機映在照後鏡的臉，作為買下拍立得相機的紀念。從計程車下來時，她將那張照片送給計程車司機。

她用新買的米煮飯、用有機蔬菜做沙拉，還用含有DHA的雞蛋做雞蛋捲。新聞正報導著假日高速公路的路況。戴著太陽眼鏡的駕駛說他花了十個小時才開到江陵。女人不太清楚在壅塞的高速公路上度過一天會有什麼樣的心情。正當她猜想著會有什麼心情的時候，她看到了海鷗。那個在擁擠的公路中央賣魷魚的少年。儘管他戴著口罩，看不清面容，女人卻堅信他就是海鷗。畢竟，會在手臂上打石膏賣魷魚的人應該不多。「如果遇到那個肇事逃逸的傢伙，應該一眼就看得出來……」她把雞蛋捲放到米飯上時，想起海鷗說過的話。海鷗賣魷魚的同時，一定也會留心駕駛的長相。女人轉頭望向冰箱，門上貼著海鷗給她的照片。每次開關冰箱的門，海鷗都會對她說，姐姐，謝謝妳！

館長收掉一間閱覽室，拓出新的空間。在地板鋪上地毯，邊緣處放上柔軟的皮質沙發。為了讓讀者能在地上坐著或躺著看書，還鋪設一張寬大的墊子。陽台上準備椰子樹和沙灘椅，庭園也有椅子，讓人們可以坐在樹下讀書。市民的反應很好。只不過，準備考試的學生們必須要更早來圖書館占位置，破曉時分就排隊排到圖書館正門外面。女人把喉糖送給S，雖然S吃再多喉糖，聲音也不會變得比較輕柔。S的手拿著喉糖，女人用拍立得相機拍下S的手。工讀生也要女人拍他的手，而他的手上正拿著他最喜歡的書。

「你握個拳！」

女人對討厭拍照的H說。

「為什麼？」

H握緊拳頭，舉到半空中做出揮拳的姿勢。女人趕緊拍照。

「抱歉啦，我是要拍照。」

一說完，女人便跑出定期刊物室。

女人將那些照片都貼到牆上，人們各式各樣的手填滿了整個房間。

女人在圖書館工作九年。因為飯變得很好吃，她變胖很多，褲子尺寸也大了一號。她一到晚上十點就上床睡覺，只有在星期三和星期四會到十一點才睡，因為要看她喜歡的演員演的電視劇。她的腸胃炎痊癒，卻得了食道炎，所以每次飯後三十分鐘還是要吃藥。去年冬天經常下雪，於是她坐公車上下班。「雅幽美容院」的屋頂禁不起暴雪的肆虐而倒塌，當時正在屋裡睡覺的理髮師當場死亡。

女人在座位上迷茫地透過窗戶望向社區。挖土機正在拆遷房屋，據說很快就要建立新的公寓大樓。在拍新來工讀生的手時，拍立得相機壞掉了，可是女人早已不覺得可惜。如今牆上沒有地方貼新的照片。下班時間一到，屋外下起雨。女人放著腳踏車，走向公車站。雨點變得聲勢浩大，她進到公共電話亭。母親把店收掉，去附近的一間餐廳工作。女人想不起母親工作的那間餐廳的電話號碼，所以撥通弟弟的手機。喂？喂？我聽不到，再打一次吧。她聽得清楚弟弟的聲音，只是弟弟好像聽不到。她感到有點失落，只好安慰自己從小到大都沒有遺失過雨傘。她搭上72號公車，車上還有空座位，她卻沒有坐下，到達她該下車的站，她也沒有下車。

停在圖書館的腳踏車踏板開始生鏽了。

路

路燈全都亮了起來，光線透過商店的玻璃窗層層反射。

廣場頓時猶如一艘等待起飛的太空船，

而我們正位於太空船的中央。

「妳盯著我的脖子，會有想要掐緊的衝動嗎？」

我伸出一隻手摸女人的脖子，

真的產生用兩隻手緊緊掐住的衝動。

＊

我正在等公車。濃霧瀰漫，分不清自遠處駛來的是汽車還是公車。工人們正在三十公尺外的地方建造新的公車站，公車經常走錯路，停在施工中的站前。一名身穿運動衫的女人站到我旁邊吹起口哨，她的頭上戴著黃色髮夾。不對，仔細一看並非髮夾，而是枯萎的花瓣。在我不自覺地抬起手，快要朝著女人頭上伸過去時，公車閃著明亮的頭燈駛近。370號，公司剛好就在370號公車的停車場旁。上班時我可以放心地打盹，下班則總是會有座位可以坐。走上公車前，我回頭看了那女人一眼。她的臉被好幾層陰影覆蓋，霎時間感覺就像一棵樹木。我下意識地揮揮手，像是在跟好友道別。

身穿紅色外套的大嬸坐到我旁邊說：「今天的氣象預報有說會下雨嗎？」

我把手裡拿著的雨傘放進包包，說道：「沒有。」雨傘太長，包包的拉鍊無法完全拉上。媽媽每天早上起來都會做花牌占卜，她從來都不相信氣象預報，認為自己的花牌占卜和一到晚上就腫脹的膝蓋更準。媽媽的花牌占卜告訴我今天要在包包裡放一把傘，也還好只是一支雨傘。有時候卦象預示著危及性命的意外，那天我就只能缺勤，甚至連進出廚房都不行。洗澡時被熱水輕微燙傷之後，只被媽媽允許洗臉。每當同事納悶地看著我，我都會這樣說：「不過我能理解啦，畢竟她只有我一個孩子。」在這個世上只有媽媽會說我漂亮。只要照鏡子，我都會意識到那句話是多麼難以啟齒。我不曾在口頭上對媽媽表達過感激，而是提防名字裡有字母「O」的人、把書桌面向東方，並且進門時先踏左腳。

公車在三岔路向左轉。不是右轉嗎？我將頭靠在窗上想。公車裡飄著一股燙髮劑的味道。被濃霧所籠罩的標誌逐漸顯現字樣，上面寫著從沒見過的地名。這樣一看，這輛公車和平常坐的有些不同。座位後方貼的廣告不同，公車中間也少一道門。我抬頭望向公車號碼牌。730號，這輛公車是730號。「我有時候也會想開看看不同的路線啊。」K喝著我給他的罐裝咖啡說道。我一週有三天下班會坐他開的公車。K為了我提早發動車子。我經常坐在暖和的公車上偷看他和其他司機一起玩花牌。「我第一次看到像妳這麼醜的女人。」K毫不留情地說著，話語在空空如也的公車上迴盪。「我也是第一次看到像你這麼醜的男人。」我坐在最後方的座位對他還以顏色。公車每一次左轉，迎面而來的是變得曲折的陌生風景。我起身到一半就坐到走道座位上。沒有任何同事會擔心我不去上班。她媽可能又做了什麼不好的夢。同事們應該正一邊喝著早晨咖啡，一邊嘲諷我吧。

「那雙鞋子，跟我的一樣呢。」坐在我旁邊的阿嬸向站在她旁邊的大嬸搭話。那位站立著的大嬸皺起臉，低頭看了看鞋子，額頭上有著很深的皺紋。搭話的大嬸聳了聳肩。額頭上的皺紋承載多少個年歲，我感覺站著的大嬸周身環繞一堵無法輕易穿透的堅硬圍牆。「噢！」一道聲音傳來，人們紛紛轉頭盯著右方。有輛藏青色轎車一頭撞上紅綠燈，使其歪倒向馬路的另一邊。轎車迅速從下方通過，而公車卻難以駛出事故發生地。「傷得很嚴重嗎？」額頭上有皺紋的大嬸喃喃道。「不知道，車裡好像還有人在動。」身穿紅色外套的大嬸回答。「妳那雙鞋，穿起來小腳趾不會痛嗎？」、「不會，我還好欸。」、「不過，妳是花多少錢買的？」、「不太清楚，因為是我女兒買給我的。」兩位大嬸聊了起來。大嬸展露笑容，我還是只注意到她額頭上的皺紋。

這座城市太多紅綠燈了。K會離開我就是因為紅綠燈，他的公司和我家之間的紅綠燈多達三十六個。可能他每次踩煞車，都會懷疑起他那磕磕絆絆的愛情。公司過九點之後也沒有打電話來。課長今天晚上邀請公司員工去他家，因為他結婚十四年終於搬進三十四坪的公寓。聽到我沒去上班，課長應該會跑到洗手間一邊撒泡尿一邊偷笑個五秒左右吧。我閉上雙眼。在夢裡，K變成支線公車司機，下班後開公車載著我漫無止境地在陌生街道上行駛到天亮。泥土路太多，我在夢裡也感到疲累不堪。「到終點了。」司機把我搖醒。被司機觸碰的肩膀似乎沾上某種斑白。一經觸碰，發現是枯萎的花瓣。是什麼時候掉到我身上的？我手裡撚著花瓣，走下公車。

＊

一陣風襲來，碎了的枯萎花瓣被吹得四處飄散。人們沿著蜿蜒的巷弄行走，路面狹窄，只有一台車輛能通過的空間。當道路一分為二，人們便看向地面。地上畫著橘色箭頭，寫著「往購物中心」。而就算沒有箭頭，人們也不會迷路，只需往風吹來的方向繼續行走。巷子兩側的牆上寫著「即將拆除」。一瞥牆的後方，是無人居住的廢棄房屋。也有一些房屋裡還有人居住，因為院子裡還晾著衣物。走出巷子後，眼前可見無邊無際的巨大廣場。廣場兩側是相同的灰色建築，建築內陳列各式各樣的物品，因此並不令人感到蕭條冷寂。建築全都是單層，只要稍稍抬頭就能看見天空。

那是不久前開幕的大型購物中心。為了盡力成為一整年都讓人感到幸福的購物中心，而取名叫做「365購物中心」。施工期間發生挖土機司機殺害同事的事件。警方將骨架施工完成的建築推倒以尋找屍體。要進入購物中心必須有會員卡。一名女員工張著潔白的牙齒甜美地笑著說，辦會員的費用為一萬元，可以填問卷替代申辦費用。問卷上總共五十幾題，您一年購買幾套衣服？您一個月在自己身上投資多少錢？對於這些問題，我全都填上假的答案。來，笑一個。女員工依舊張著白牙露出甜美笑容。會員卡的照片上，我模仿那名女員工的笑容露出白牙。女員工遞出會員卡，嚴肅地說要是偷東西被抓到，會即刻收回會員卡，不能再次申請會員，並且無法進入全國五家連鎖店。廣場入口的地面用文雅的手寫字體刻著「365購物中心」，此外還有一張包含整個購物中心的地圖，讓人一目瞭然。然而雖說是地圖，其實也不那麼特別，只是用整齊統一的四方形排列而成。入駐「365購物中心」的商店總共有三百六十五間。「儘管有這麼多商店，在這裡不用擔心會迷路」，廣場地上自豪地刻著這句話。另外，還附上詳細說明：「如果和朋友走散了，可以在廣場中央的鐘塔碰面。」地圖上，正中心的位置有一個圓形。

右側是帽子店，專門賣棒球帽。隔壁那間商店陳列著紳士帽，再隔壁則是毛線帽。左側是販賣飾品的商店，排列在玻璃櫥窗內的商品一覽無遺，然而強烈的照明燈讓人區分不出那些飾品真正的色澤。「365購物中心」的每間商店都只賣一種物品，甚至連有鈕釦和無鈕釦的上衣都要分開來賣。逛完帽子和髮圈的商店後，前方是項鍊和圍巾區。商店根據身體構造排列，餐廳在正中央。有人在遛狗，也有小孩在溜直排輪。人們不抬頭望向天空，雙眼全都聚焦在櫥窗內琳瑯滿目的商品。

人們排成一條看不見起點的隊伍。一對戀人氣喘吁吁地跑到隊尾。「這是在排什麼的？」聽到我的問題，大口喘氣的女人笑著回答：「我也不知道。」一同跑來的男人聽到她的回答後一臉著急。「這是在排什麼呢？」男人問了站在他旁邊的大嬸。「我也不知道，應該有什麼好康的吧。」隊伍持續不斷地延長。身穿警衛制服的男人站到台上大喊「請大家趕緊排好隊」。排了四十分鐘的隊伍得到的東西是刻印著購物中心標誌的鑰匙圈。我將鑰匙圈掛在包包拉鍊上。走起路來，鑰匙圈上玩偶的眼睛便東張西望。走了一會兒，又出現排隊的人潮。不久前站在我前面的那對戀人這次站在我後方。我請他們幫我占位置後去了趟洗手間，洗手間的垃圾桶裡塞滿了丟棄的衣物。第二次排隊領到了試用款化妝品。那對戀人一拿到試用化妝品後，馬上跑向另一個隊伍，那裡正在發刮刮樂。我把沒有中獎的彩券丟到地上，在包包裡裝滿各種樣品。

外表像高中生的女孩指著櫥窗裡的商品說著：「那個好漂亮。」小孩們好像除了這句話之外什麼也不會說。這句話以不同音調在各處響起，廣場隨即充斥著嘈雜。購物中心的職員們穿著同樣的服裝、留著相同的髮型。這間購物中心裡最漂亮的不是人體模型身上的衣物，而是販售衣物的職員們。假設每間店都有兩三名員工，那麼三百六十五間商店總共會有將近一千多個人身穿相同的衣服。如果可以的話，我也想在這種地方工作。有一千個穿著一樣服裝的人一起工作是多麼美麗的一件事啊。我如此想著。

*

我有五個阿姨，全都又高又胖。她們經常稱呼彼此為「瘋婆子」，幸好她們不會這樣叫我。在搬到C市以前，媽媽在Y市賣餃子，有傳聞說媽媽的餃子店在那個社區是最髒亂的。餃子館不再有客人，凡是被媽媽的手觸碰的東西都會失去光彩。她洗好的碗盤還殘留油垢，洗好的衣服也還留有汙漬。從可以自己洗澡的年紀開始，我就自己洗自己的碗盤和衣服，因為這樣我還得到學校頒發的「好孩子獎」。

我在梅雨季即將結束的時候遇見大阿姨。我坐在店內唯一一張桌子前望著外面，桌子上都是麵粉，托著下巴的手沾上一片白。一名撐著雨傘的女人走進店裡，雨傘上黏著樹葉。「我要兩份辛奇水餃和一份鮮肉水餃。」女人坐在我不久前坐的位子，吃起水餃。女人吃越多熱騰騰的水餃，面色看起來越發寒冷。日光燈閃爍幾下之後熄滅，吃水餃的女人幫媽媽換燈泡。她成為媽媽店裡的常客，每週會來吃三、四次兩份辛奇水餃和一份鮮肉水餃。不知從何時起，媽媽看著這位常客的吃相就感到飽足，開始坐在她面前發牢騷。「叫她阿姨。」我照著媽媽的意思，稱呼那個女人為「阿姨」。每逢過節，我們會把店門關上，三個人一起玩花牌。

媽媽在我國小四年級的時候，跟著阿姨搬來C市。社區總是瀰漫著潮溼的氣息，像是偶有陽光灑落時，整個社區的居民拿出棉被來曬一樣。有時候會有一輛黑色轎車停在社區入口，他們的車開不上去，於是便沿著陡峭的坡路走了好一會兒。坡道上有一排大門掛上紅色旗幟的房屋，媽媽和阿姨也經常去那裡占卜。依照算命師的囑咐，媽媽買了一雙男鞋放在玄關，這樣的話離家出走的爸爸就會回來。媽媽和阿姨在算命館結交新朋友。直到夏天，我多出了四個阿姨。二阿姨喜歡吃餅乾，她每次看到我，都要打一下我的後腦勺。隨著她打的次數增加，我的成績就跟著下滑。三阿姨和四阿姨是雙胞胎，只不過她們完全不像。其中一個阿姨喜歡在笑的時候拍打別人後背，另一個則習慣摀嘴笑。她們喜歡的食物和電視節目也都截然不同。在我的記憶中雙胞胎阿姨總是在吵架。她們之間沒有任何共同點，唯一相像的只有酒品。每次喝醉，她們會抱在一起哭到睡著。最小的阿姨比其他四位還會做雞蛋捲。她話最少，也吃得最少，不過卻是所有阿姨當中最胖的。儘管是食量最小的阿姨，也是普通人食量的兩倍以上。阿姨們的一頓飯相當於一般人一整天的量。然而怪異的是，五位阿姨們越吃越顯露出飢餓的神情，吃熱騰騰的餃子湯時，也顯得面色寒冷。

一到週六，阿姨們會到我家坐在客廳看週末電影到很晚。媽媽為阿姨們買一台彩色電視。因為雙胞胎阿姨的爭吵，我們必須把電視的音量調高。二阿姨的餅乾掉滿地，小阿姨小便不沖水。喝湯的時候如果發現有根頭髮，我便用放大鏡調查那是誰的，頭髮的主人則必須負責洗碗。自從有這個找頭髮主人的遊戲，我就從洗碗當中「解放」了。然而，家裡卻變得越發骯髒。只要我叫一聲「阿姨！」，坐在客廳的五位阿姨會同時回頭看著我說：「怎麼了？」以前的我接收著阿姨們溫柔的視線，心想這才是幸福的家庭啊。

我的成績已經不能再更差了。大阿姨一聽便扔下花牌，走上那陡峭的坡道去找算命師。聽說那是連C市的國會議員夫人也偶爾會去的地方。算命師算出大阿姨結婚不到一年就成為寡婦。在那之後，大阿姨只出入那間算命館。「妳會成為田徑選手。」於是媽媽牽著我的手找到田徑社。田徑老師指著操場另一邊的足球門說：「妳可以跑過去再跑回來嗎？」我橫著穿越球場。腳掌支撐著身體的重量，我馬上大口喘氣。每踩一步，種植在操場邊緣的法國梧桐都為我鼓掌加油。老師盯著馬表搖搖頭。媽媽將白色信封塞進老師的褲子口袋，說她不要求太多，只需要指導我六個月就好。這六個月來，我每天都要跑四個小時以上。我的跑步實力有些微提升。後來，我在文具店偷東西逃跑的時候，暗自感激叫我練習跑步的大阿姨。

二阿姨常去的那家則是在坡路上的第一家。她去相親的時候會照著算命師的建議在內褲上貼符咒。二阿姨常找的算命師說我天生是音樂家的命。「竟然讓這孩子去練跑步！」聽到這話的其他阿姨們全都責怪起大阿姨，而且不曉得是誰先講出小提琴這個詞。「學那個不是要花很多錢嗎？」媽媽戰戰兢兢地說。二阿姨讓我唱一首歌看看。「媽媽呀，沒關係，笑吧！」我一停下，雙胞胎阿姨的其中之一拍著我的後背大聲笑出來。我報名了鋼琴班。那是一間由住宅改造，院子有棵巨大蘋果樹的地方。坐在蘋果樹下聽著鋼琴聲，就像有人在我肩膀裝上一對翅膀，全身變得輕飄飄的。一個月後，媽媽帶著學費去找鋼琴班老師。「我第一次看到像她這麼沒天分的孩子。」都是因為左手的關係，左手太難按琴鍵了。媽媽將學費放回包包裡。

「我看看，大家都低著頭呢。」雙胞胎阿姨常去找的算命師這麼說。

把話說得含糊不清是這名算命師的特色，雙胞胎阿姨都叫他「詩人」。她們因為生不出小孩而離婚。根據卦象，算命師說她們母親的墳地下有水脈流動。聽到這些的阿姨再度喝了酒之後相擁而泣，因為這意味著，那個趁著夜深拋棄她們離開的母親已經死了。「大家都低著頭」這句話在阿姨們之中有不同的解釋。有阿姨說是我會成為老師的意思，也有阿姨說這代表我當上法官。不過她們全都認同想達到「大家都低著頭」這件事，要先把學業顧好。我從此每天做一份練習題。因為沒有人可以問，遇到不會的題目只能把答案背下來。小阿姨對這所有的一切都漠不關心。她常去找的算命師每次說話前都要微微露出鑲金的牙齒笑一笑。「算命師說到四十歲之後，隨手一拿都是金子，不用太擔心。」媽媽聽到這些話，便撫摸我的臉說：「妳到四十歲以前不能死掉喔。」雙胞胎阿姨欣慰地看著我把練習題做完，小阿姨則是冷眼瞪著她們。她就像算命師說的那樣一點也不擔心，認為到四十歲再來費心也不遲。新學期剛開始，班導師發給每個人一張白紙，要我們寫下未來的志向。我把阿姨們所說的全都寫上去。

運動會那天，阿姨們戴著寬簷帽來。那天是最適合運動會的天氣，老師的哨音藉由廣闊的天空傳遍操場，那片湛藍讓站在操場的孩子們變得更加健康。阿姨們瞇起眼睛皺著臉尋找我的身影。我停下正在做的團體操，向她們揮手。接力賽跑開始，最後一棒必須遵從寫在紙上的指示。有個孩子奔向阿姨們所在的地方，拉起小阿姨的手。其他阿姨則是推了推小阿姨的屁股。其他孩子也各自去找肥胖的人，但是最後的獲勝者依然是找到阿姨的那個孩子。「哇，有河馬！」我身後有人大喊。我用手在地上畫出「阿姨」兩字。我和二阿姨參加兩人三腳比賽，我伸出右腳時她也伸出右腳，所以動不動就跑錯。眼看要被別人超過，二阿姨一口氣把我抬起來夾在腰間狂奔。

為了讓阿姨們都有地方可以坐下，媽媽準備兩張墊子。聽媽媽和阿姨們說，她們從家裡來學校的路上把沿路的餐廳都去了一遍。炸雞、海苔飯捲、血腸、辣炒年糕、水餃、各種炸物……我們把所有東西吃得一乾二淨。我跟阿姨們一樣把摸過炸雞的手在運動服褲子上擦拭，衣服上殘留手指形狀的油汙。「姐，妳吃這個。」雙胞胎阿姨的其中一個對另一個說。「不要，姐妳吃吧。」雙胞胎阿姨稱呼彼此為「姐姐」，並把水餃塞到對方嘴裡。她們總是爭吵著讓對方叫自己姐姐。那天是我第一次看見她們稱呼彼此為姐姐。她們自己都不知道誰是姐姐誰是妹妹。她們的接生婆說先出來的孩子屁股上有一顆大黑痣，而兩人的屁股都有一樣的痣。或許她們是命定從出生就必須互相鬥爭。我們一人喝一瓶汽水之後，相互交疊躺在墊子上。大阿姨把媽媽的肚腩當作枕頭躺下，雙胞胎阿姨把腳抬到大阿姨的腳上，二阿姨則讓我和小阿姨把她的臂彎當作枕頭。雲淡風輕的秋日天空之下，阿姨們眼下的褐斑清晰可見，一如衣服上的汙漬因歷時許久而變成花紋。小阿姨哼著歌，流下眼淚。「瘋婆子，不會看場合啊。」其他阿姨們吆喝道。阿姨們的帽子隨著秋風搖曳，此刻我感覺阿姨們變得十分嬌小，好似能乘著帽子飛向長空。

阿姨們陸續離開社區。二阿姨來信，提到她和一個有孩子的男人結婚了。我沒有問她算命師的符咒有沒有效，而信上的郵戳來自P市。雙胞胎阿姨拿著社區大嬸們的會費半夜跑路了。錢被拿走的人們怪罪到媽媽身上。小阿姨杳無音信地消失了，還有傳聞說她和常去找的那個算命師墜入愛河。她失去蹤影的時候，那個鑲著金牙笑的算命師也跟著消失了。看來等我到四十歲，小阿姨就會來找我。待在媽媽身邊最久的是大阿姨。她在我升上高三那年，送我一個裝著符咒的錦囊，說只要把它帶在身上一年，就能考上大學。我把錦囊帶在身上整整三年後，才考上外縣市的專科學校。

我還是國中生的時候，媽媽每天早上都用花牌算當天的運勢。班導師說在校門前的十字路口一定要注意車輛，去年每個季節都發生一起車禍。同班的W被廂型車撞到當下，我正在十字路口上一間遊樂場玩遊戲。敵人用炸彈把我的飛機炸毀時，我聽到緊急煞車的聲音。走到外面一看，W躺在地上。不知道為什麼他在體育課時總是待在教室。看到W穿

Nike運動鞋的那一刻，我想著要是當場把他的鞋子脫掉給自己穿有多好。躺在地上的W拍拍屁股站起身並走向我。「妳知道我叫什麼名字嗎？」W說。我無法回答。他笑了，卻沒有人看出來。他的臉龐、身體，任何一處都沒有陰影。陽光穿過他透明的身軀時，我流下眼淚。那天之後，輾轉反側的日子變得越發頻繁。

＊

我走進一家名字很長的餐廳：「給獨自購物者的餐廳」。餐廳的牆壁用鏡子組成，讓顧客看著鏡子吃飯。菜單上的食物是根據購物時間來推薦的。我點了一份雪濃湯，那是推薦給購物四小時以上的人的食物。我一邊喝著雪濃湯，一邊看著鏡子裡的自己，擺出一副心煩意亂的表情吃飯。望著自己吃得索然無味的樣子，我想起無論發生什麼都一餐也不落下的媽媽，心裡泛起一陣酸楚。坐在我旁邊的女人正開玩笑似地餵食給鏡子裡的自己：「來，吃看看吧，比妳想像的還要好吃喔。」女人一張開嘴，鏡子裡的嘴也跟著張開。鏡子沾到辛奇炒飯，那是給購物三小時的人推薦的食物。

我途經洋裝店和高跟鞋店後，來到一座偌大的露天劇場。坐在劇場裡的人焦躁地看著時間。兩點一到，不曉得在哪裡見過好幾次的眼熟男人拿著麥克風站到舞台上。「各位觀眾等待已久的拍賣時間到了！」主持人剛說完，人們便「哇！」的一聲並熱烈盛情地鼓掌。第一件拍賣物是DVD播放器，起價從一千韓元開始。一萬元、五萬元、七萬七千元、十萬元……人們的手此起彼落。「有人要加價嗎？在百貨公司買要五十萬韓元喔。」主持人說完，人們便竊竊私語。最後，DVD播放器被一對看起來像兄妹的新婚夫婦買走了。第二件拍賣物是跑步機。三十萬元、三十一萬元、三十二萬元、三十三萬元……兩個女人為爭奪跑步機而展開心理戰。戴著珍珠耳環的中年大嬸和戴著墨鏡的女人都對拍賣物志在必得。戴著珍珠耳環的大嬸喊到四十五萬元時，戴著墨鏡的女人遲疑了。「四十五萬……一百。」說出「一百」這個詞的瞬間，笑聲從人群中爆發。我轉頭望向發出聲音的源頭，是在餐廳裡坐在我旁邊吃飯的女人。「四十五萬……兩百元。」我躊躇片刻後，說出「兩百元」。話音剛落，四處都有人喊著要追加一百元。

拍賣過程中舉辦了一次「幸運活動」，用最快速度喝下一點五公升可樂的人可以獲得電熨斗。得獎的孩子在十秒內就喝完一點五公升的可樂。主持人說「獲獎者請發表感言」的同時將麥克風遞給那個孩子，他卻朝麥克風打一聲嗝當作回應。觀眾全都笑了。答對C市最高山峰的名稱和高度的孩子得到電子手帳。「來，今天的最後活動！365購物中心裡所有商品都能用的兌換券！」主持人展示出印有五個圓圈的兌換券。吃辛奇炒飯的女人拍了拍我的肩膀，向前走去。一人分一半也可以賺五萬元。我跟著女人走上舞台。那是一人出題，一人回答的遊戲。女人和我在一分鐘之內答對十五個單字。

廣場乾淨到可以光著腳在地上走路，環顧四周卻不見清潔工在打掃。這裡太乾淨了，我想光腳走路。我對著女人的後腦勺喃喃低語。那就光腳走吧。女人脫下鞋子和襪子。女人的脖子出奇地長，似乎只要稍微歪頭，全身都會跟著搖晃。我脫下鞋子提在手上，在廣場上行走。腳底能感受到廣場刻下的畫。走在前方的女人踩在「幸福」兩個字上面之後，便木然地僵立在原地，一動也不動。「腳底好癢，好像要打噴嚏了。」一說完，女人打了噴嚏，眼裡還噙著淚珠。

我們回到高跟鞋店，店裡的員工用溼紙巾擦拭我們的腳底。因為員工太過親切，我們只好買雙鞋。我穿上高跟鞋照鏡子，腿看起來稍微變長了。我們交出拍賣會上得到的兌換券。再次走到廣場，我們停留在展示碎花紋洋裝的商店前。「可是，沒有什麼衣服可以配這雙高跟鞋。」女人低頭看著皮鞋說。「我也是。」

女人穿上洋裝後，脖子看起來更長了。她用雙手遮住略微凸出的肚子。我則是選了一件黃色線條的洋裝，這是我這輩子第一次穿這樣的洋裝。比我原本想的還要好看，適當凸出的小肚子不會有影響。女人刷了卡。洋裝抵擋不住春天的風，所以我們又各自買了件搭配洋裝的針織衫來穿。這次是我刷卡。女人說她想要一個旅行後背包，於是我買一個拉鍊上掛著指南針的背包送她。她也想送我些什麼，我告訴她我的願望是擁有一個魚形吊墜的項鍊。逛了一圈購物中心裡有賣項鍊的商店後，還是沒有找到魚形吊飾的項鍊。女人買了個問號吊墜的項鍊給我。「反著看不就很像魚鉤嗎？用這個去釣魚就好。」

「那個怎麼樣？」、「嗯，很漂亮。」、「那個呢？」想要買的東西太多，於是女人和我每次走進商店都要握緊錢包。我去到洗手間，把拿著的衣服全都丟掉。丟進垃圾桶的衣服破爛不堪，甚至令我難以相信那是自己不久前還穿在身上的。我將舊包包裡的物品放進全新的包包，只不過那支雨傘仍舊塞不進去。

「那個好漂亮。」我指著那對挽著手臂的戀人戴的墨鏡。我們走近那對戀人，向他們搭話。「請問這個墨鏡是在哪裡買的？」我在手冊裡記下墨鏡的品牌名稱。我從來沒聽過這個品牌的名字，而戀人心滿意足地回答。站在廣場上，所有的一切都變得極其誇張，連輕聲微笑也會響徹整座廣場。推著嬰兒車的母親們全都洋溢著幸福的模樣。我好像能住在這個地方。先走到購物中心的盡頭好好睡一覺後，再走到購物中心入口，一天很快就過了。

雨滴開始墜落。人們進到商店裡躲雨。我幫女人撐著傘。雨點越來越大，直到變成暴雨。媽說對了呢。女人聽不見我的自言自語。只剩下我們，撐著傘站在廣場上。路燈全都亮了起來，光線透過商店的玻璃窗層層反射，廣場頓時猶如一艘等待起飛的太空船，而我們正位於太空船的中央。「妳盯著我的脖子，會有想要掐緊的衝動嗎？」我伸出一隻手摸女人的脖子，真的產生用兩隻手緊緊掐住的衝動。「如果我沒拿這支雨傘，搞不好真的會掐住喔。」我搖晃雨傘並說道。就像她對鏡子裡的自己開玩笑的時候，還有她喊出四十五萬一百元的時候一樣，女人擺出調皮的表情，接著走出雨傘之外。雨滴將她的身影抹去，我望著逐漸變得透明的女人，心裡想著：「現在，該回家了。」我早已忘記自己坐的是幾號公車，也分辨不出哪裡是東、哪裡是西。不過，一如廣場地板上刻著的那行字句，「在這裡不用擔心會迷路」。

鳳慈家麵館

櫃檯後方時鐘的秒針不再轉動，

水龍頭滴答的水聲也同樣停下。

女老闆轉過身去，女人將手輕輕放在她的背上。

此時此刻女人才逐漸領悟到，

所有事物都必須用過去式來表達該有多麼悲傷。

P已經無故蹺班三天了。社長在電話裡大聲怒吼著：「那傢伙還沒來嗎？」女人得過中耳炎，因此對聲音很敏感。掛掉電話後，她耳裡還不停響起社長的聲音。「那是他寶貝的兒子，不是應該報警嗎？」公司員工們嘲諷道。P是社長的獨生子，據說他今年夏天就會升上部長。在公司裡他的綽號叫「無故蹺班」，因為他蹺班的理由花樣百出：春天風和日麗、想聽海的聲音、為了下定決心看日出，只是沒有任何同事關心他沒來上班的原因。

女人傳訊息給P，這次又去哪？

P小時候的綽號叫做「菜脯」，因為他家開了間菜脯工廠。雖然說是工廠，但也就只有兩名員工而已。P稱呼那兩名員工為叔叔，叔叔們開著貨車，塊頭大到社區裡不管是誰都不敢招惹他們。所以有次P對女人說，社區內的那些流氓都不敢惹他。也正因如此，P的童年總是很孤獨。開工時，社長娓娓道來公司的歷程，一間菜脯工廠如何成為如今壯大繁榮的食品公司。當然有很多故事是誇大其辭，只有「比其他人還要誠實」這句話是真的。P的父母在暗無天日的工廠裡不眠不休地做菜脯，甚至忙到連兒子懷抱著什麼想法度過童年都沒空去關心。請看看這隻手。社長經常給員工們看自己泛黃的手掌。當時做太多菜脯才變成這樣。然而社長並不知道自己的兒子非常討厭菜脯，討厭到吃海苔飯捲時都要把菜脯挑出來。

三年前，P收拾行李去了美國。他想在那裡讀企業管理，以實現他父親一生的夙願。他飛越太平洋上空的當下，女人正在過馬路，她正要去郵局寄出包包裡裝的數十封履歷。貨車司機看見女人並踩下煞車時，她的身體已經被撞到半空中。貨車司機的妻子穿著破舊的衣服去醫院探望女人，並握著女人的手哭泣。她哭得很悲傷，以至於在她離開後，女人得了一陣子憂鬱症。女人變得不愛說話。到醫院看望的朋友們讓她意識到自己以前是個話痨，也因此她想起曾經因為自己的一句話而受傷的朋友們。貨車司機所屬公司的管理科長拿一束花來探望她。「有想要什麼的話請告訴我。」戴著厚框眼鏡的管理科長對女人說道。

「我想要一份工作。」

裝載三百箱菜脯的貨車撞到女人的當下，P正在飛機上戴著眼罩睡覺。在夢裡，他正拿著一把鐵鍬挖一棵巨樹。揮了鐵鍬幾個小時，他的臉上卻絲毫沒有汗珠。不到一會兒，樹根顯露出來。樹根長著未知的花，他用自己帶的行李箱裝滿花朵。夢醒之後，他的雙眼滿是淚水。他在機場撥通父親的電話。在說出自己不會去讀企業管理後，他父親氣得馬上掛掉電話。他對著無聲無息的電話自語道：「我從來都沒有感到幸福過，所以現在開始我只想做會讓自己幸福的事。」

女人將窗簾拉下一半，P的書桌隨即覆上陰影。女人暗自輕觸P的書桌，五個模糊的指印在書桌上倏忽而逝。社長再次打來電話。

「到現在還沒回來？」

社長的聲音和先前相比稍微低沉。去年秋天，正值遲來的雨季，P無故蹺班一個禮拜。他會用手機傳訊息說這裡的夜空好美，中午喝了辣湯之類的，以這種方式和他父親鬥爭。女人回傳訊息給他，那裡的天空晴朗嗎？這裡好像快下雨了。過幾天後他便出現，還帶著一張略顯憔悴的臉。他和女人去到公司裡沒人知道的地方吃一頓大餐。女人會聞聞沾染在他衣服上風的味道。

女員工們在午餐休息時間拿著便當走向會議室，只有女人沒帶便當。「今天要吃什麼？」坐在女人對面的T伸懶腰並起身問道。「乾明太魚湯怎麼樣？」、「要不要去對街那家新開的飯捲店？」、「不管怎樣，我還是覺得美家賣的海鮮湯最好吃。」、「也想吃一下久違的韭菜拌飯。」職員們走出辦公室，各自說起自己想吃什麼。沒有吃早餐的員工早已餓到沒胃口。女人在那麼多食物之中，完全沒有任何想吃的。K去年入職，他從上班那刻起就在想午餐要吃什麼。他的小本子裡充滿各種餐廳的資訊。還好不在同個部門。女人每次看到K就會萌生這個想法。一年過去，她和K除了「你好」跟「再見」以外，什麼話也不會說。

女人走向後門。似乎沒有其他人走過，她昨天留下的腳印依舊在那裡。她緩步向前，回想起自己一瘸一拐的步伐，右腳印因此比左腳印更深。走出後門是一條長長的巷子，當中的房屋大門都被刷上同樣顏色的漆，或許是同一名工人刷的。女人每次走在這條巷子裡都感到很幸福。P有一次拍下她走在這條巷子裡的背影。她將那張照片貼在梳妝台鏡子的一角。湛藍色的大門讓她看起來像一個自由又平和的人。

巷尾處有一個小長椅。巷子地面歪斜，因此坐在長椅上會使身體向一側傾倒。女人用受傷的腿使力，讓身體坐直。陽光透過建築物之間，照向坐在長椅上的女人。一名蓄滿鬍子的男人從對面房子裡走出來瞥了女人一眼。女人凝望男子沿著蜿蜒巷子走去的背影很久。男子走遠後，他的影子也隨之消失。然而女人卻沒有移開目光，就好像P會從那裡出現一樣，就好像P會走過來，搖晃著手裡裝著飯糰和牛奶的塑膠袋。午餐時間一到，她和

P會坐在這裡吃便利商店的飯糰。P會吃鮪魚飯糰，女人則會吃墨西哥沙拉飯糰。長椅恰當地略微傾斜，女人就算不動，身體也會靠到P的肩膀上。要是陽光和煦，他們會互相依靠著彼此睡午覺。睡醒後要是感到口渴，女人喝香蕉牛奶，P則是草莓牛奶。

「這是我的位子……」

身穿粉紅色洋裝的女孩向女人搭話。女人稍微挪動屁股，給女孩坐下的空間。女孩一坐下便連續打起噴嚏。風使勁晃動敞開的大門。某家院子裡傳來狗的叫聲。

「這附近太多灰塵了。」

女人把手帕遞給女孩，像是在自言自語一般說道。

「沒有衛生紙嗎？」

女孩摸著鼻子說。應該是想要擤鼻涕，女人將手帕展開。

「沒關係的。」

「手帕有草莓的味道。」

女孩說道。她少了兩顆門牙。而雙眼太過明亮，令女人不由自主閉上眼睛。女孩將手帕還給女人，並露出牙齦對她笑了笑，接著抓起洋裝的下襬擤鼻涕。女孩瞥了眼戴在手上的錶，喃喃道，媽媽差不多要來了呢便起身。手錶上是不久前流行的兔子圖案，而背包上也有一樣的兔子。女孩朝著巷子的反方向跑去，背包每搖晃一次，那隻兔子就對人揮手一次。女孩的洋裝被風掀起，粉紅色內褲隱約可見。

女人將手帕湊到鼻子上，的確有草莓的芬芳。她突然感到飢餓，久違地想要吃點什麼。P要是知道這件事該有多好。女人打開手機傳訊息給P，我肚子餓了。但是她卻按不下傳送鍵。她想到自己的訊息從未有像這次一樣沉默這麼久，整整三天沒有回覆。她漸漸感覺P正在走向和自己不同的世界。只要一聞沾染在P衣服上風的味道，她便會感到自己像是在閱讀無法解開的暗號。某一家烤海鮮的味道撲鼻而來。女人站起身往那股氣味飄來的方向走。烤海鮮和鯷魚湯的香味隨著風飄到巷內各處。

女人轉過巷口走了一會兒，在住宅區中看到一間破舊簡陋的麵館，氣味就是從那裡來的。麵館沒有招牌，出入口手把上還沾著油漬，由此可推斷這是一間老店。右側的門上寫著「鳳慈家」，左側寫著「麵館」，店名應該是「鳳慈家麵館」。每張桌上都放著粗糙的人造花，只是原先應該是粉紅色的花幾乎褪成了白色。女人坐在桌前，將裝著有人造花的花瓶推到旁邊。掛在牆上的聖誕節裝飾物保留到現在。店內總共有六張桌子，不過只有兩張桌子可以坐。在角落的兩張桌子上堆放著作用不明的箱子，而靠近廚房那側的兩張桌子則放滿了備好的蔬菜。儘管店裡開著燈，卻還是有些昏暗。對面的桌前有兩名身穿工作服的青年正在吃烤白帶魚和辛奇火鍋，他們的飯碗比火鍋還大，裡面盛滿白飯。

「請問您要吃什麼呢？」

廚房響起女人嘶啞的嗓音。

「我要一份麵疙瘩。」

廚房傳來水聲，也傳來了哼唱的聲音，店裡頓時充滿香氣。吃火鍋的青年們站起身，摸了摸鼓起的腹部，臉上洋溢著幸福。女老闆將食物端到女人面前。冷麵碗裡盛滿麵疙瘩，滿到湯要溢出來一般。女人低頭吃起麵疙瘩，熱湯在體內擴散開來。

「妳跟餓了好幾天一樣。」

女老闆對低頭吃麵的女人說。女老闆挑蔥到一半，用袖子擦了擦眼睛。蔥根很辣眼。女人同樣感受得到那股辛辣，於是她吃到一半也流眼淚。她摘下起霧的眼鏡並用手帕擦拭，餐廳裡的事物再次映入眼簾，連裝飾在牆上小燈泡的灰塵也清晰可見。女人低頭看著空碗，對自己如此喜歡吃麵疙瘩這件事感到有點詫異。

結帳時，女老闆突然停下來直勾勾地盯著女人，接著搖搖頭並不太有自信地問：

「請問妳是K女中的嗎？第四十八屆畢業生。」

女人絲毫不記得女老闆，然而對方卻對她記憶尤深。

「誒，我們國中同班了兩年，妳不記得了？愚人節的時候叫大家把書桌反著放的人不是妳嗎？」

女老闆一說完，女人的腦中便鮮明地浮現出當時教室的畫面。班上同學全都把衣服倒著穿、把桌子反過來放，還有看見老師驚訝的神情後，全班哄堂大笑到肚子痛的場面，都像電影情節一樣歷歷在目。女人的臉露出一抹淡笑，女老闆此時才拍了拍她的後背笑出來。

「好高興見到妳，那時候很對不起妳，想說要是遇到一定要跟妳道歉。」

女老闆向女人伸出手說道。女人至此依然想不起女老闆是誰，所以也沒辦法問對方為什麼要道歉，只好含糊不清地說：「嗯，我早就忘了。」

「明天要來這裡吃午餐嗎？」

女老闆問她。明天P搞不好會上班，這樣就要吃三角飯糰聽他說故事了。女人不知道該怎麼拒絕女老闆而陷入猶豫。女老闆握起女人的雙手，傳來一陣蔥味。

「我想做好吃的午餐給妳，當作我的道歉。」

「我明天中午有約……」

「那……帶那個人一起來吧。」

離開餐廳時，女人感受到女老闆的視線正望向自己的背影。「我以為妳會過得很好。」女老闆對著女人的後腦勺嘆息。女人感到有點淒涼，只是一想到自己有吃飽，那份淒涼便稍微淡去。這就是為什麼人要吃飯吧。女人一邊想著，一邊走向公司後門。

P隔天沒有來上班，公司職員們竊竊私語說他這個樣子要怎麼負責整間公司。部長為了找資料翻看P的書架，卻發現一堆照片。「這是什麼啊？」聽到部長的話，員工們紛紛聚集過去看。那些照片是人們的背影，爬山的人、在市場買東西的人、坐公車的人……那些照片被展示在P的桌上。職員們不小心把指紋印在照片上。女人看見一張馬拉松選手的背影照。她擔心沾上指紋，於是謹慎地夾起那張照片，只不過沒有人注意到她。P是在去年秋天拍下馬拉松選手的背影，那天他帶著相機去參加半程馬拉松比賽，而女人則請假去幫P加油。「真是的，他只蒐集一些奇怪的照片欸。」、「不知道誰拍的，拍得還不錯。」「搞不好就是P拍的。」、「不會吧？」職員們眾說紛紜，但不久後就都回到各自的位子上。

女人在撰寫文件的時候突然感到肚子餓。看了眼時鐘，十二點快到了。女人無趣地盯著秒針走向十二點。十二點一到的瞬間，她從座位起身，把對面的同事T嚇得一臉驚訝。

「午餐時間到了。」

女人拍手說道。職員們霎時間停下手邊的工作，一致地轉頭看向她。

去鳳慈家麵館的路上，女人心想著要吃蘑菇火鍋。只要有蘑菇火鍋和剛出爐的米飯，她就能吃光兩碗，一想到這便忍不住垂涎。

女老闆站在店門前等女人。

「妳來啦。」

女老闆抓著女人的雙手，這次是一股醬油的味道。她們面對面坐在餐桌前，女老闆打開鍋蓋，是蘑菇火鍋。

「我是真的很想吃這個。」

女人不自覺地鼓掌。兩人默不作聲地吃著午餐。青海苔和野蒜的搭配香氣逼人。女老闆幫女人在碗裡又添了飯。

「多吃一點，妳太瘦了。」

女人問了蘑菇的名字。

「這個是洋菇，這個是秀珍菇，這個妳應該也知道，金針菇。」

蘑菇火鍋裡有六種不同的蘑菇，女人每次吃到蘑菇，就會低聲說出蘑菇的名稱。吃完飯之後，她們兩個一起泡了很濃的咖啡來喝。

「那個……妳叫我鳳慈媽媽吧。」

女老闆對女人說。鳳慈今年五歲了，她很聰明，兩歲的時候就會識字。她還長得很漂亮，完全不像自己。女老闆挺直著腰說道。

「鳳慈，這名字有點老土。」

女人一邊環顧餐廳四周，一邊說道。餐廳內沒看到任何孩子的照片，應該說這裡太過昏暗，根本不適合養育小孩。

「可是……她不在了。」

女老闆話音未落，餐廳裡的一切全都變得肅靜。櫃檯後方時鐘的秒針不再轉動，水龍頭滴答的水聲也同樣停下。女老闆轉過身去，女人將手輕輕放在她的背上。此時此刻女人才逐漸領悟到，所有事物都必須用過去式來表達該有多麼悲傷。女人把女老闆喝過的咖啡倒進自己的杯子裡，冰咖啡實在是太苦了。

P隔天還是沒來上班。女人在鳳慈家麵館吃了大醬湯。她一說好吃，鳳慈媽媽便打包了大醬讓她帶回家。女人傳簡訊給P：「今天午餐吃年糕湯」、「今天吃魷魚蓋飯，朋友有教我怎麼做」、「今天吃嫩豆腐鍋，我到現在才知道這個那麼好吃」……然而P卻沒有回覆。他消失十天後，社長申報失蹤。女人不論是睡覺還是去洗手間，都把手機緊緊拿在手上。

社長走遍了全國各家醫院的太平間。在尋找兒子的過程中，他時常想起自己逝去的妻子而哭泣。P的屍體在L市附近的山區被發現。晚上九點的新聞簡短地報導了此事，記者介紹P為一家中小型企業的獨生子時，新聞畫面正模糊地播放著公司的全景。P沒有信用卡債，也沒有陷入複雜的男女關係。某位職員接受新聞的採訪，提到了P是一個誠實的人。雖然經過變聲處理，但很容易就能推測出是誰接受採訪。

公司員工們穿著黑色衣服上班。女人早上在穿衣服時，才發現褲子不合身。她拉上拉鍊後，大腿處感到緊繃，接著她還必須深吸一口氣才能將鈕釦扣上。靈車裝著P的棺木，繞行公司一圈。女人在洗手間的馬桶上坐了許久，只要外面有人敲門，她就沖水。下班時，她將P書桌上那堆他拍下的照片都收進自己的包包裡。

公車行駛在夜路上良久。女人坐在第一排的位子，死盯著前方車輛的尾燈。後來她感到眼睛疼痛，不自覺地流下眼淚。公車司機經常喝飲料。L市的公車總站正在施工。根據設立在公車站的工程圖，公車站將會重建為複合式購物中心。女人進到旅館，說她想要頂樓的房間。

「沒有房間了……」

旅館老闆上下打量著她並說道。

「請不用擔心，我不是要去自殺。」

女人將床拉到窗戶下，坐上去鳥瞰L市的夜景。朝陽來得太快，以至於她無法繼續賴床。她形同定居在這座城市的人一樣，買齊了牙刷、換洗衣物、收音機和抗皺乳液。在公車站前，她發呆看著流浪漢乞討的背影。在往流浪漢的鐵罐裡放一萬韓元之後沒多久，她就後悔了。太陽下山之後回到旅館，她百無聊賴地眺望L市的夜景，而後不知不覺睡著了。女人漫無目的地在L市閒晃，看到相機店便走了進去。有許多和P那台相同的相機，卻沒有任何一台像他那台一樣，在快門旁邊有個小瑕疵。發現P屍體的地方並沒有相機。過幾天，女人搭著晚班公車回家，把牙刷、新買的衣服、一次都沒開過的收音機和知名藝人代言的乳液全都留在旅館。

女人將P拍的那些照片貼在鏡子上。鏡子貼滿了照片，沒有任何一絲縫隙，於是她化妝只能用小鏡子。現在她是公司裡最早到、也最晚離開的員工。她常常坐在P的位子上看著空蕩的辦公室，覺得自己像是站在一座水庫中央。即使直接掉進水庫，似乎不會感到呼吸困難。已經不再有人談論有關P的事，警察對於犯人是誰也絲毫沒有頭緒。公司新推出的辣椒醬品牌反應熱烈，銷售額遽增，社長發獎金給公司職員。

某位員工被升職到P的位置，可是他沒有露出高興的神情。他說自己不想坐在P曾經的座位，因為他今年犯三災⑲，萬事都要很小心。二手家具店派來兩名工人，他們輕鬆地抬起P的辦公桌。當女人看到桌子被抬起的瞬間，她的雙腳突然用力。P不會就這樣輕飄飄地離開。一到下午，家具店送來新的辦公桌，比起P用過的桌子還要更厚實，木紋也更美。窗戶些微地敞開，丁香花的香氣從窗外飄進來。丁香花樹是公司搬到這個地方來時種下的，從去年春天就開始盛放。幾名公司員工停下手邊工作，聞起花香。

女人離開辦公室，朝丁香樹走過去。她坐在丁香樹下，思索著P死去的那一刻自己正在做些什麼。那天早上，她只舀了一口飯泡到海帶湯，然後錯過公車而遲到。晚上跟住在鄉下的媽媽講電話，後來沒關燈就睡著了。她知道自己沒有關燈，只是因為睡得太沉而沒

⑲ 三災類似於台灣的「犯太歲」。

辦法起來。她邊睡邊擔心著自己的電費又要變貴。連他死掉都不知道，還在煩惱電費的事，我真是個笨蛋。女人對著丁香花說道。潔白的花瓣四處飄落，彷彿在回應女人一般。

P死後隔天的午餐時間，女人趴在桌上打瞌睡。奇怪的是她一整天都感到很疲倦，看電視劇時自己笑出來，然後把咖啡打翻到棉被上。她看了兩部影片後，在睡前翻看生活雜誌。她決定用儲蓄金去買一間視野不錯的套房。每當P的靈魂在她身邊徘徊時，她總是能看著電視劇無憂無慮地大笑。我以後都不看電視了。這次，丁香花也同樣對著女人點點頭，花瓣墜落到她的頭上。

搞不好我坐在長椅上聞著手帕的草莓味時，他曾經來找過我。一想到這裡，她的心便猛地一跳。那條手帕呢？她怎麼樣也想不起來。明年春天，丁香花樹的根會更加堅實。女人站起身來用腳踢了踢樹幹，頃刻間不明的怒意突然湧上心頭。丁香花的氣味過於濃厚。公司職員們聞著甜甜花香，各自回想自己曾經的幸福時光，卻不再有人為他的死而難過。女人感到惶恐，因為她也已經愛上丁香花的香氣。她折下樹枝，惡狠狠地鞭打丁香樹。

鳳慈家麵館沒有開，女人搖晃著門。「鳳慈媽媽！」店裡傳來開門聲，又傳來拖著鞋子走的聲音，隨後門被打開。鳳慈媽媽正用手梳理凌亂的頭髮，向門外探出臉龐。一見到女人，鳳慈媽媽收起不悅的神情，快速走到店門外。

「怎麼了呀？最近都沒有來，我等妳好久了。」

鳳慈媽媽身穿睡衣，睡衣胸口處印有米老鼠的圖樣。那件睡衣貌似穿了很久，膝蓋和屁股的位置都已經向外凸出變形。女人看見鳳慈媽媽這副模樣不禁爆笑出聲。

「不過妳為什麼拿著樹枝？」

女人聽到後低頭看向自己的手。女人手裡抓著丁香樹的樹枝一整天，樹枝已經脫皮，枝頭也早已裂開。她把樹枝丟往小巷子。

「沒什麼啦！」

鳳慈媽媽說要做給她好吃的下酒菜。女人說想吃辣炒豬肉和清爽的淡菜湯。鳳慈媽媽回到房內換上衣服，將錢包夾在腰間，踏著小碎步走了出去。過一下子，鳳慈媽媽提著塑膠袋回來。

「沒有淡菜，我煮蛤蜊湯喔。」

女人一邊聽敲擊砧板的聲音，一邊讀過期雜誌。她和鳳慈媽媽喝一口酒、吃一口豬肉。

「嗯，真的很好吃。」

兩人每吃一口就說類似的話。女人很快便脹紅了臉。她問起鳳慈媽媽怎麼做蛤蜊湯。

「最後再放大蒜和紅辣椒就好了。」

聽起來好像不會太難。

鳳慈媽媽突然關上店裡的燈。

「等我一下！」

她依稀可見鳳慈媽媽在黑暗中摸索著牆。沒有多久，色彩絢爛的小燈泡亮了起來。

「怎麼樣？很像聖誕節對吧？」

鳳慈媽媽低聲哼起聖誕節頌歌。女人也跟著唱。

「我感到寂寞的時候就會打開那些燈，看著那些光。」

女人在此刻才知曉聖誕節裝飾留在牆上的用意。燒酒杯被燈光染上赤紅，女人小心翼翼地拿起，不讓那道光從杯上消失，碰向朋友的酒杯。

第二天早上，女人沒去上班。她吃了朋友做的乾明太魚湯，躺在沒有窗戶的房間裡睡懶覺。沒有光線進得來這個房間，所以很適合大白天在這裡睡覺。附近工廠打電話來要外送十碗刀削麵，於是女人跟著鳳慈媽媽出門外送。

「我都應該給妳今天的薪水了。」

鳳慈媽媽語帶歉意地說。

「那妳教我做料理，當作薪水。」

女人整個下午都跟著鳳慈媽媽學怎麼做好吃的火鍋。辛奇火鍋、大醬湯、清麴醬鍋、嫩豆腐鍋……她做的辛奇火鍋還有客人吃得津津有味。女人在晚上看了《今日料理》這檔電視節目，將廚師分享的祕訣都記在小本子裡。

某天最後一位客人離開之後，女人謹慎地對朋友說：

「如果妳覺得可以的話……我們要不要合夥？」

兩人去到室內設計的工作室。老闆提議打通店內的房間，將餐桌增加到八張。女人把定期存款解約，鳳慈媽媽帶著幾件衣服住進女人家。雖然是半地下室，但還好有兩個房間。女人清空她只用來堆放物品的房間，裡面那些過時的衣物和被銷售員欺騙買來的英語教材堆在那裡好幾年了。兩人去到店裡，將廚具裝到泡麵箱子裡。那些紙箱是鳳慈生前那個非常疼愛她的鄰居奶奶送給她們的。工人們拆下牆上的裝飾，然後把插上粗劣人造花的花瓶和沾上辛奇湯汁的體育報紙都塞進袋子裡。他們搬動餐桌，順帶揚起了角落灰濛濛的積塵。工人們開始咳嗽。那天，店裡清出來的垃圾裝滿能夠負重一噸的卡車。

餐廳名稱從「鳳慈家麵館」改成「鳳慈家飯館」。她們打算一天只賣一道菜：星期一是蒸明太魚；星期二是辣炒豬肉；星期三是砂鍋海鮮；星期四是大醬湯和鍋巴飯；星期五是蒸銀鯧；星期六則決定做嫩豆腐鍋。鳳慈媽媽堅持無論如何星期日都要休息一天，因為星期日原本就是用來休息的。女人前一天提議為那些飲酒過量的上班族賣一整週的乾明太魚湯。鳳慈媽媽深思熟慮過後，說乾明太魚湯免費提供給想喝的顧客感覺也很不錯。餐廳變得看不出以前的樣子，數十盞燈泡照得店裡燈火通明，牆壁和餐桌刷上淺淡的粉色。室內設計的老闆說，微微的紅色能刺激食慾。女人拉起招牌的開關，店外的鳳慈媽媽大聲喊道：

「有了！有了！」

鳳慈媽媽潸然淚下，啜泣著感謝女人願意在店名裡留下「鳳慈家」這三個字。女人這時才清楚地記起鳳慈媽媽究竟是誰：她身高矮小坐在前排，總是紅腫著眼上學。

「早知道學生時期要跟妳當好朋友。」

聽見女人說的話，鳳慈媽媽露出幸福的笑容，眼角噙著的淚珠滑落而下。

顧客逐漸變多，女人以前的公司同事也慕名前來，挑嘴的K連續對女人說了兩次食物很好吃。

「謝謝，歡迎下次再來。」

女人帶著熱誠說道。從前的同事看到女人如此親切的態度頓時稍稍慌了神。K在自己的小本子上記下「鳳慈家飯館」，也給了幾項建議。K說公司對面那家餐廳的砂鍋海鮮比較好吃，所以這裡沒有競爭力；蒸銀鯧味道太鹹，吃完口渴一整天。於是兩人將星期三的菜色換成章魚蓋飯，做蒸銀鯧時也會注意味道不要過鹹。有次公司社長和祕書一起來餐廳吃飯。社長饒有興致地享用鍋巴飯。祕書交給女人一個白色信封。無論在哪裡，請努力地活下去。信封裡裝著社長親筆寫下的卡片和一大筆錢。不管怎麼說，他都是一個受到職員尊敬的好社長。

女人坐在櫃檯，呆望著顧客的背影。那些人俯著身軀，向女人訴說著無數的故事。吃飯的時候會忘記很多事物。鳳慈媽媽在廚房裡哼著歌，音調一個也不準。熟悉那歌聲的常客會一邊吃飯，一邊在心裡齊聲哼唱。現在，女人會做的菜，已經足以寫成兩本食譜。

而且那天正好是四月一日愚人節。

孤獨的義務

我出生那天，父親到M市出差。

外婆打電話給父親，通知他我出生的消息。

他感覺不太對勁。

預產期還有一個月，所以他沒有相信外婆的話。

而且那天正好是四月一日愚人節。

1

我出生那天，父親到M市出差。外婆打電話給父親，通知他我出生的消息。他感覺不太對勁。預產期還有一個月，所以他沒有相信外婆的話。而且那天正好是四月一日愚人節。外婆是個笑口常開的人，她在戰火中失去雙親，獨力扶養兩個弟弟妹妹。為了不讓當時年紀還小的弟弟妹妹傷心，她連細微的小事都以笑容應對。某天外婆告訴我，因為如此她養成了愛笑的習慣。外婆在女兒結婚之後，最大的娛樂便是捉弄女婿，而每次父親都會被騙。好幾次他在公車站等外婆好幾個小時，也有好幾次他被騙去吃他不能吃的食物。還有一次，父親對肥胖的鄰居大嬸說恭喜懷孕，結果倒了大楣。想當然的，就是外婆說那肥胖下垂的肚皮是孕肚。這樣一來，父親自然會不相信我出生這件事。「媽，這是真的嗎？」父親反覆問了好幾次後，繼續問道：「那……是女兒，還是兒子？」那天畢竟是愚人節，外婆當然不會據實以告。「是女生，長得很漂亮。」外婆對父親說謊。那天晚上，父親在M市車站前一家簡陋的酒吧獨自喝酒到天亮。

我讀小學三年級那年，父親離開職場。醫生診斷出肝癌，淡漠地說他最多剩六個月的時間。父親自從我出生那天之後，再也沒有喝過酒。我離開了珠算班，小我兩歲的妹妹也離開書法班。父親的臉漸漸發黑，母親眼角下的斑也越來越濃。我們搬到鄉下的家，我和妹妹蓋著棉被坐在貨車後座。儘管當時是春天，冷風還是透過被子的縫隙吹進來。進入村莊後，粉紅色的花瓣像蝴蝶一樣在村內翩翩飛舞。小小的蝴蝶停留在妹妹頭上，也停留在母親頭上，還輕飄飄地落在父親的胸膛。搬家時，其他人的花瓣都掉了，只有父親胸口上的花瓣依然在那裡。他將花瓣摘下放進嘴裡細細咀嚼。「喔！很好吃欸。」聽見父親這麼說，我隨即撿起掉落在地上的花瓣來吃，好苦。「真的欸，很好吃。」我對著謹慎盯著我和父親的妹妹說。妹妹去到房子後方，摘下掛在樹上的花瓣大口吃起來。她立刻哭喪起臉，但是她好像不想承認自己被騙，所以一口氣吞下許多花瓣。我們站在新家的院子裡，難得地歡聲笑語。

父親時常去爬山，在背後碩大的行囊裡裝滿各種野菜。父親出生在都市，那些東西在他眼裡都是不知名的雜草。父親來往山間的時候，母親會搭四十分鐘的公車，到偏鄉大學的餐廳工作。我清洗父親沾滿泥土的運動鞋。妹妹自從聽到父親生病之後就常常哭泣。我收看了所有綜藝節目，模仿那些喜劇演員的搞笑行為。妹妹一整天不說話，但她看到我這樣也會笑出聲來。特別是當我用輕微的鼻音說「離開地球吧～」時，妹妹便會摀著肚子大笑。多虧有妹妹，我能模仿所有喜劇演員的聲音，包括具鳳書[20]和金亨坤[21]。在學校總是擔任康樂股長。

父親採集許多草和樹根，將其榨成汁喝下。醫生所預估的六個月過去，父親一早起來把白飯泡進大醬湯裡吃了一整碗。父親聽說他採回來的野草可以賣到很高的價錢，於是更加頻繁地上山，有時候甚至好幾天都不回家。我問父親他在山上肚子都不會餓嗎？他回答山裡有很多可以吃的。接著一年過去，父親每天凌晨五點準時起床打掃院子。直到我即將升上國中，父親臉上烏黑的陰影已經完全消失。之前幫父親診斷的醫生見了直言難以置信。

母親辭掉餐廳的工作。聽聞父親的事蹟而來的人越來越多。每當父親上山時，母親會殷勤地將他採集的藥草榨汁，並包裝以方便食用。人們不在乎價錢多少。我和妹妹會帶火腿到學校當配菜，以鄉下學校來說非常罕見。父母親從家門前一小塊地開始，陸陸續續買下村莊裡其他人的菜園。他們還定期匯錢給外婆，而外婆每次都會打電話來告訴我們她把那些錢花在哪裡。外婆說她裝了新的暖爐，還和其他人家裡一樣換了台彩色電視。父母親只用品質最好的材料做草藥，他們竭盡心力，祈禱所有買走草藥的人能夠痊癒。而那些根被剪掉的，或是有缺陷的草藥，就留給我和妹妹吃。

一輛黑色轎車駛進院子，身穿黑色西裝、戴著黑色墨鏡的男人下車。

「喂！同學，這家是賣藥的嗎？」

「不是喔。」我搖搖頭。

「我明明聽說是這裡啊……」男人話語中帶著遲疑。

「叔叔，您是來買藥的對吧？」

我瞥見男人眼中閃過的光芒，於是湊到他耳邊說：「哪有可能平白無故告訴你呢？」

男子從錢包裡拿出一張萬元鈔票，錢包看起來很厚實。

---

⑳ 具鳳書（一九二六—二〇一六），韓國喜劇演員。

㉑ 金亨坤（一九六〇—二〇〇六），韓國喜劇演員。

「賣藥的就是這家。」

男子意識到被我騙，隨即豪邁地大笑，彷彿他一點也不介意這個玩笑。

我告訴母親那男子很有錢，母親便把藥賣得比平常還要貴。黑色中型轎車在倒車時，撞上院子裡的杜鵑花樹。

戴墨鏡的男人走後過了幾天，警方突然來到家裡。父親因為持有非法藥品而遭到拘捕。開中型轎車來的人是一位非常有名的國會議員的祕書。該國會議員的父親肝癌末期，吃下家裡賣的藥後過沒幾天就死了。為了救出父親，母親把家裡前面的菜園賣掉，那是塊肥沃的土地，不論種什麼都能成長茁壯。律師在法庭上這麼說：「死者在當時是一名僅剩一個月壽命的患者。當事人並非把活著的人殺死，請問這樣能算有罪嗎？」這話雖然說得沒錯，但法庭上並不適合這樣說。母親去找一位據說很有能力的律師，不過那位律師荒唐地索要高額的委任費，母親不得已之下只好把土地全部賣掉。

兩年後，父親回家。原本高中打算念商科的妹妹突然改變了志向，說要去念普通高中。她握著父親略微消瘦的手說道：「爸，我大學要去念藥學院。」父親在被診斷出肝癌末期時也沒有流淚，但此時他的雙眼卻有些溼潤，淚水在眼眶凝聚，隨後立刻消散。在那之後，父親繼續製藥。起初是為了幫我準備大學學費，後來則是為了妹妹的大學學費，只不過來買藥的人沒有那麼多了。妹妹去念藥學院，兒女都離開鄉下的家，父母親每晚看著電視劇，度過無聊的每個夜晚。

大學畢業那年，我去參加了電視台的公開招募考試。我的夢想是成為喜劇製作人，製作像是《笑一笑，福氣自然到！》和《幽默一號》這樣的節目。確認最終合格者的名單裡沒有我的時候，我突然想起大學入學那年，父母親買給我的皮鞋。穿上這雙皮鞋，就隨心所欲想去哪就去哪吧！父親一邊幫我擦鞋，一邊說著。我在奶奶的葬禮上弄丟了那雙皮鞋。奶奶應該是穿著我的皮鞋飛到天上了吧。我心裡這麼想著，弄丟皮鞋也不會讓我感到心疼。

畢業典禮那天，我預約了據說是首爾最好吃的韓定食餐廳。「真好吃啊！」母親每夾一次菜就說一次。或許是因為那天的暴飲暴食，母親回家後連續幾天都要吃腸胃藥。那天之後，母親便時常消化不良。即便吃腸胃藥也沒有用，於是母親生平第一次走進大醫院。醫生診斷出胃癌末期，提議動手術。母親沒有聽從醫生的建議，而是選擇相信父親。父親開始像從前一樣穿行在山林之間。醫生所預估的三個月很快就過去了，母親靜悄悄地閉上雙眼。當時，我正在為了蒐集招聘申請書在各家公司間來回奔走，妹妹在幫一名慢性胃炎的患者看診，而父親則懷著渺茫的希望，在山裡尋覓著山蔘之類的東西。

我成為了一名銀行行員。妹妹買了五條帥氣的領帶送我。一些同學來找我貸款，我連他們的名字都想不起來。每個月最後一個禮拜五，我會和大學時期的好友聚在一起喝酒。和朋友喝完酒之後分別，在路上有看見公共電話的話，就會打回家裡。

「爸，你在做什麼？」

「沒做什麼。」

過了一年，大家都意識到每個月都要聚會很累，於是改成每個奇數月聚會一次。我依然會在喝完酒後回家的路上打電話給父親。

「爸，今天白天你忙了些什麼？」

「今天上山。」

又過了一年，有人提議把聚會改成每季一次。漸漸地，缺席聚會的朋友越來越多。直到秋天，就一個人都沒來了。我坐在同樣的位子上獨自喝酒，點雞蛋捲當下酒菜，因為太鹹而剩下一半。朋友們在電話裡如出一轍地說著抱歉，全都是因為有公司事務要忙沒辦法來。我很想發脾氣，但奇怪的是我卻沒有一點憤怒。回家的路上我撥通父親的電話。

「爸，你今天都做了什麼？」

「今天上山。」

「為什麼上山？」

「幫你媽媽找草藥。」

公共電話亭裡有一股尿騷味。我用腳踢向公共電話亭的玻璃，回答道：

「媽怕苦，多找一點有甜味的草藥吧。」

「仁錫，甜的草藥是要去哪裡找啊？」

父親掛掉電話，連一聲再見都沒有說。我拿著話筒呆望著對街的便利商店。身穿橘色上衣的男人走進去，四名穿著校服的女學生走出來。我的腦袋像是被放入時鐘，秒針轉動的聲音震耳欲聾。父親上山後再也沒有回來，也許是找不到那有甜味的草藥。

2

從公司搭乘地鐵到家需要五十分鐘。我上班前在背包裡放入四本漫畫書，剛好在上班的路上讀兩本，下班回家的路上讀另外兩本。許久未聯絡的朋友再度互相聯繫。朋友們結婚、小孩要過周歲，幾乎每個週末都去吃宴席。如果宴席上沒有壽司、麵湯味道太腥，或者排骨湯裡沒有排骨的話，我會感到有點失望。要是遇到這樣的情況，我完全沒有辦法說出祝你們幸福這種話。妹妹和藥局的男同事結婚了。雖然那個人笑的時候眼睛會變小，不過除了這個缺點之外，他看起來為人和善，將來開藥局的話，應該會因此得到客人十足的信賴。我們賣掉父母親在鄉下住的房子，我、妹妹和她丈夫也都將定期存款解約，用這些錢在首爾邊郊地帶開了一間還不錯的藥局。

下班的路上，我去了一家租漫畫的店。老闆比我年長兩三歲，他會把酒藏在櫃檯下方，在客人不注意的時候偷喝。沒有顧客的時候，老闆會抓著我發一大堆牢騷。這家店始終沒有客人，因為對面開了一家比這間還要大三倍的漫畫店。老闆在開漫畫店以前，在這裡開了一間飯捲店。只是一個月過後，隔壁也開了一家飯捲店，那是分店遍布全國的知名連鎖店。客人不久後都跑到那家店去買飯捲。老闆能夠滔滔不絕講述自己的不幸好幾個小時。他說過，哪天要是他中了一萬韓元的樂透，反而自己會感到恐懼。這種好運的終點，可能會帶來更大的災厄。他不由自主地蜷縮起身體說道。我扭動著屁股，模仿蠟筆小新。老闆爽朗地笑出聲，露出新鑲嵌的金牙。

升上代理之後，我總在下班的路途中感到筋疲力竭。突然想要結交一些不需要去參加他們的婚禮或是孩子周歲的朋友。所以我加入了網路同好會「生於愚人節的人們」。同好會成員們分享自己生日那天無數個謊言般的故事，藉此撫慰彼此。而那些故事本身，並沒有人關心是真是假。有人分享自己生日那天，父母因為瓦斯中毒而去世的故事。我傳送一張卡片給那個人，上面寫了一些安慰的話。有三個兄弟都是在愚人節出生的。人們議論著他們的母親是不是為了在同一天生而故意剖腹產。我留言道：「那這樣你們的母親會很方便呢，生日宴會只要辦一次就好。」要是晚上睡不著，我會和那些素未謀面的人談天說地。

漫畫店的老闆打來電話：「我在想你是不是搬家了，那麼久沒來。」明明就只是接起電話，好像都能聞到一股酒味。「哈哈，謝謝您。最近公司比較忙。」我忍耐那股酒味，禮貌地接聽電話。

「你下禮拜日有空嗎？」朋友們也打來電話。

「怎麼辦？那天是我媽的忌日。」我用充滿抱歉的語氣回答，隨後掛斷電話。

四月一日來臨，「生於愚人節的人們」舉辦了定期的聚會。咖啡廳的牆上掛著橫幅，上面繪有巨大的蛋糕。有人關上燈，橫幅上蛋糕的蠟燭熠熠閃著光芒，蛋糕是用夜光筆畫上去的。聚會成員們唱起生日快樂歌，所有人都低聲而溫馨地歌頌著，好似這樣的祝福從出生以來第一次降臨在自己身上。我環顧唱歌的人們，他們全都閉著雙眼，左右搖擺著頭。

網路名稱為「魔髮小道士」的會長出來打招呼。會長給我的印象和想像中相差不遠。每次讀到會長在同好會裡的留言，都會聯想到略微向下垂的眉毛、笑起來眼下出現皺紋的臉。「來！從左邊桌尾開始輪流做自我介紹吧！」會長話一說完，除了照向牆壁低亮度的燈之外，咖啡廳裡所有燈光全都熄滅。陰影籠罩在所有人的臉龐。當人們說出自己在同好會使用的名稱，啊！的驚呼聲迴盪在各處。同一天生日的三兄弟中，只有最小的那個出席聚會。他說大哥現在不在韓國，二哥則是因為昨晚動了闌尾炎手術，所以還待在醫院。大家對此都感到非常可惜。

在我這一桌總共坐了四個人。坐在我對面的女人介紹自己是「放大鏡」。我印象中她在加入同好會時和大家打一次招呼後，就再也沒有留言過了。「放大鏡」旁邊是名叫做「三角」的女人。我旁邊則坐著一個叫做「火鉗」的男人。坐在對面的女人身材高䠷，是參與聚會的人之中最高的。她的雙眼稍微向上翹起，和她的厚唇很搭，不過感覺因為化了濃妝，看起來略顯庸俗。我們全都同歲。

「三角」說：「真是太棒了呢！」

「放大鏡」立刻反問道：「什麼？」

「三十年前的今天，我們的母親會不會各自摀著自己的肚子，幸福地想像著自己即將出生的孩子會長什麼樣呢？」

聽完「三角」的話，我們點了點頭。

我們不斷地乾杯。雖然我們的共通點是很討厭拿爆米花來配酒，各自喜歡的下酒菜卻不盡相同。還好每桌的下酒菜都是一樣的，不需要擔心彼此要吃什麼。「火鉗」講述了他愚人節那天蹺課的故事：「我要去上學的時候，鄰居哥哥告訴我從今年起，愚人節改成公休日了。我相信他說的話，所以就馬上回家睡一整天的覺。」「三角」接續了火鉗，說起她的故事：「有次我在睡覺，我媽把我叫醒。『女兒！生日快樂！』我看了看時鐘，早上七點，可是卻覺得特別想睡覺。後來才知道是我媽把時鐘調快了。那天我凌晨三點就喝海帶湯了，我媽說我就是凌晨三點出生的。」咖啡廳裡很快便充滿欺騙人、或被人欺騙的故事。「三角」和「火鉗」分享故事的時候，我一邊聆聽，一邊準備自己要講的故事。輪到「放大鏡」時，她什麼也沒說，只是聳聳肩，擺出無話可說的表情。所以馬上輪到我說故事。喝了假海帶湯、在愚人節對討厭的女生告白、在愚人節開玩笑地和當時的女友提分手，結果真的分手，這些故事都是我當場編出來的。沒有人問這些到底是不是真的，因為那是所有同好會成員都務必遵守的第一條規則。

「我有話想說。」會長從座位起身，掃視一圈後說道。

他剛剛才到各桌敬酒，臉上卻絲毫沒有醉意。

「有件事要跟你們坦白，我並不是四月一日出生的。」

人們議論紛紛：「這是什麼意思啊？」、「那為什麼要創立這個聚會？」

會長直視著這些竊竊私語的人們，臉上露出哭笑不得的神情。

「我不知道自己的生日，只有拋下我的父母知道。所以我把四月一日當作自己的生日，因為我的父母不想相信我的存在。」

語畢，會長回到座位。有個人已經喝醉，沒有在聽會長說話，他像是舌頭打結般地高聲喊道：「乾杯！」

「按照同好會的規則，我們不能過問會長那是不是真的。因此我們永遠不會知道會長說的話是真是假。」女人舔了舔自己的厚嘴唇並坐回座位上，然後轉過頭凝望著會長很久很久。我看向女人的側臉，心裡想著她的下頷線真的很美。

我舉杯大喊：「為『魔髮小道士』乾杯！」

所有人都歡欣鼓舞地喝下最後一杯酒。道別之際，大家搭著彼此的肩，又唱了一次生日快樂歌。我把手放在「放大鏡」的肩上，對她耳語道：「要不要去續攤？」

「我一出生，我爸就打電話到故鄉。我奶奶晚餐吃到一半就跑到村長家裡，因為村裡唯一一台電話就在村長家。『媽，我老婆生了，是女兒。』不知道是不是因為感覺不太對勁，或是我奶奶耳朵不好，她沒聽清楚我爸說的話。『你說什麼?你是說生了兒子嗎？』奶奶不停地問。通話時間被拖得很長，我爸就隨口回答一聲『對』，因為電話費很貴的關係。於是我奶奶就相信我爸說的話，殺了一頭牛宴請整座村莊，我也差點就成為第四代獨生子。」

話一說完，「放大鏡」連續喝下兩杯燒酒，連下酒菜都沒碰，接著偷偷瞥一眼餐廳老闆切生魚片的手勢。餐廳老闆從在水族箱裡抓魚到切生魚片的動作都很生疏。餐廳門口貼著「新開幕」三個字。女人說我們第一次見面就在這間新開幕的餐廳喝酒，這件事有很重要的意義。生魚片店的老闆行了超過九十度的鞠躬歡迎我們。我也對她講述我出生那天的故事。一說到我父親在外縣市自己一個人喝酒的橋段，她便開懷大笑。我們用力乾杯，像是要把酒杯撞碎。生魚片都還沒上桌，一瓶燒酒就見底了。

女人比我晚半個小時出生。雖然僅僅只差三十分鐘，我們還是有很多不一樣的地方。她喜歡自己一個人喝啤酒追劇，完全不喜歡綜藝節目。所以我模仿諧星時她完全笑不出來。她說自己在首爾市郊一家規模不大的補習班教數學，學生越來越少讓她很擔心。你看這裡！我煩惱到掉髮了。她的頭頂有一圈頭髮已經脫落。不過就算是這樣，她還是用賺來的錢，買了兩頭牛給鄉下的奶奶。因為奶奶罹患失智症，所以每次看見女人，總會罵她是「殺牛的女人」。聽完這段故事，我心中萌生出這樣的想法，原來她是個不喜歡對別人有所虧欠的人。和她相處過後，我意識到了一些事情：要是有人過於武斷地批判我，我會不自覺地皺起眉頭。我不太適合紅色系的領帶，右手比左手出更多的汗，吃太多芥末會一直打嗝。有這些新的發現，讓我感覺還不錯。

我一週和女人見面一次，還有幾個月的電話費超過十萬韓元。過幾個月之後，我開始懷念過去，一到星期日就可以睡到很晚。預購電影票和打聽電影院附近好吃的餐廳比想像中還要麻煩，於是我用出比較少汗的左手牽起她的右手說，我們的孩子如果生日是四月一日就好了。你……現在……是在跟我求婚嗎？她的聲音微微顫抖，也有可能是因為太冷。天空降下初雪，她卻穿著輕薄的秋季外套。嗯。我的回答很簡短，自己聽起來都覺得過於漠然。不過奇怪的是，向她求婚時，我的心靜如止水。

3

我們在四月一日結婚了。結婚紀念日跟生日都在四月一日，她說這樣到死都不可能會忘記。會在這天結婚的人不多，我們能用八折的優惠價格訂下婚禮的場地，也可以隨心所欲地選擇滿意的禮服。妹妹對她並沒有很滿意，原因是覺得她個性太過固執。我們和妹妹及妹婿吃晚餐的隔天，妹妹打電話來一個個列舉出我曾經喜歡的藝人。哥，你以前喜歡個子小又可愛的女生，你沒忘記吧？妹妹還沒說完，「叮咚」的鈴聲傳來，是客人走進藥局的聲音。好像有客人來，掛了。我連妹妹的回應都不聽，逕自掛掉電話。

同好會的成員們集資買了冰箱送給我們。有來參加婚禮的「火鉗」和「三角」不斷低聲耳語，其他成員們見此便揶揄他們。女人的朋友不多，我心裡想著，不喜歡說抱歉的人，應該很難交到朋友吧。她那罹患失智症的奶奶沒辦法出席婚禮。婚禮即將結束的時候，主持人要大家喊三聲萬歲。我舉起雙手高喊，生下我的孩子吧～[22]賓客們全都笑了。

㉒「生下我的孩子吧～」為韓國慶尚道方言中，代表「我喜歡你！」含意的用語。曾出現在一檔韓國的綜藝節目，成為當時的流行。

婚禮順利地舉辦完成，不過真正讓我引以自豪的，是我終於把無數的人逗笑。「菜好難吃。」、「涼拌海蜇皮還算能吃啦。」、「排骨也太硬了。」聽著走出餐廳的賓客們所說的話，我不知不覺雙頰發熱。他們還不如說新娘長相沒有福氣或是新郎長得很吝嗇之類的，聽起來還不會覺得那麼沒面子。妹妹身穿優雅的韓服，不斷擦拭眼角的眼淚。外甥看到自己媽媽哭，便跟著哭了起來。他們哭得很傷心，彷彿我要去什麼地方永遠都不回來一樣。

機場有很多新婚夫婦，所有人都穿著相同的上衣。等待飛機的期間，有人拍我的後背。「親愛的，你去哪裡了？」轉過頭一看，那個人和我穿著同樣的上衣。不過女人穿這件衣服更好看。和我們撞衫的情侶跟我們搭乘同一班飛機。剛下飛機，她就說要把衣服換掉。「幹麼換，妳看起來比那個人漂亮。」女人聽到我的話後噘了噘嘴。「不是，我的意思是說，那個男生穿這件衣服很好看，比你好看。」從飛機起飛到降落為止，我們都沒說話，連空服員給的飲料都沒喝，安穩地酣睡一覺。

我們生平第一次見到油菜花。當看到新婚夫婦們在花田間排隊的那一刻，我們想拍照的雅興頓時消失了。走吧！我說話的當下，女人已經走進油菜花田之間。我拍下她的背影。我們打算晚上前往濟州島一間知名的烤白帶魚店。女人從某張報紙上撕下美食的報導拿給我看。報紙上的地圖太複雜，而且我為了蜜月旅行學習的駕車技術也很不熟練，導致我們徘徊一個多小時，肚子餓到沒辦法開車。無可奈何之下，我們隨便走進一家餐廳。濟州島的白帶魚那麼有名，應該隨便一間餐廳的烤白帶魚都很好吃吧。我這麼說著，女人則說我無論什麼時候都想把事情往好的方向說，讓她感到很煩悶。我們一入座就喝下三杯水，烤白帶魚比想像中還好吃，於是我們多點一碗飯，和睦地分著吃完。

隔天，我們穿上新的T恤，是卡其色的。女人說那是在知名品牌的折價賣場裡半價買到的，而她的衣櫃裡有四件一模一樣的上衣。蜜月旅行才三天兩夜，為什麼要帶五件衣服呢?我很疑惑，卻沒有問她。我們在「山君不離㉓」的火山口又遇見一對和我們撞衫的情侶。他們一看到我們，便尷尬地笑了笑，朝我們揮手。我們也對他們揮揮手。在餐廳吃飯時，又看見他們坐在我們的對面。「要不要回飯店換衣服?」女人停下吃到一半的烏賊蓋飯，拘謹地說道。我瞥了眼身穿卡其色衣服的情侶在櫃檯結帳的樣子。仔細看其實跟我們的不一樣，他們的顏色比較深。

㉓「山君不離」為濟州島上的火山。

濟州島的路格外壯麗，我們不時隨興地停下車，在柏油路上走著，然後再折返回去。我們走在路上，各自分享自己的祕密。「我睡覺會流口水」、「我會打呼」、「我小學的時候偷過別人的東西」、「我小學的時候也偷過超市的口香糖」。女人突然奔跑，我也跟著跑起來。「這個真的是第一次跟別人說，我動過手術。」女人邊跑邊說。「什麼？整型手術？這樣的話我被騙了吔。」或許因為很久沒有跑步，我上氣不接下氣。女人猛地停下，嗤嗤地笑著。然後指向自己的眼睛，說：「我以前戴著跟放大鏡一樣的眼鏡。」

回到旅館的路上，我沒來由地想起漫畫店老闆的臉。我望向坐在副駕駛座的女人，她睡著了。我把右手輕輕放到她的額頭上，完全感受不到任何溫度。

「妳知道嗎？我認識一個人，他說如果自己樂透中了一萬韓元都會感到很害怕，害怕那一丁點的小幸運都不屬於自己。他就像個笨蛋一樣，對吧？」

「嗯，像個笨蛋。」女人像是在夢中聽見我說的話一般應答道。

踩下油門，不知道從哪裡飄來一股花香。我打開車窗，深吸一口氣，隨後叫醒睡夢中的女人。「妳起來聞聞看這股味道。」在我把話說完前，對向有輛貨車閃著車燈向我們駛來。女人閉著眼咕噥道，啊！真的很香。

我們搬家到T市，首爾十八坪公寓的全租租金在這裡可以租到三十四坪。我每天早上晨跑。頭先連五公里都跑不完，現在跑十公里都不覺得太過疲憊。從公寓入口到T市唯一一間大學的正門剛好十公里。跟妻子吵架的時候，我就會往返兩趟。妻子的體重超過八十公斤，我也必須提高運動強度。於是每天晚上做伏地挺身增強臂力，模仿某個廣告上伏地挺身的乾電池。妻子看著我做伏地挺身，並說，你一定要活得比我久。如她所說，我一定要成為持久的乾電池。然而，抱起妻子的雙手依然會不自禁地顫抖。坐著輪椅能去的地方並不多，不管到哪裡都有樓梯，所以我必須要抱著妻子上去。我很會流汗，因此總是穿著較易吸汗的棉質上衣。

我們每週末都會去電影院。妻子不坐我開的車，我對她說過那不是我的錯，是那輛貨車跨越中線。只是無論我說多少次，她都不願意相信。沒有別的辦法，只能徒步走到電影院。還好離家裡不遠就有一家。那家電影院很老舊，顧客都跑到最近流行的複合式影城，所以才沒那麼多人。問題是這家電影院沒有電梯，妻子並不太在意這件事。觀影的時候妻子很親暱地對待我，還會餵我吃爆米花。我則像是嗷嗷待哺的小鳥，一面向妻子張嘴，一面看電影。

有一天看完電影，當我們走下樓梯時，妻子擦了擦我額頭上的汗，說我們下禮拜看好錄影帶不好？我累到沒有力氣說話，用點頭代替回答。推輪椅回家的路上，妻子不停地向四周顧盼。怎麼了？我問道。「你知道嗎？只要一個禮拜，世界就會變得陌生。在你眼裡雖然一如既往，但是上個禮拜在我眼裡的景象，如今已經完全消失了。」步道並不平滑，我使勁推動輪椅。下個禮拜也來看電影吧，我一點都不累。妻子將雙手向後伸展，輕柔地撫摸我推動著輪椅的雙手。

妻子開始減肥。她把奶油麵包之類的零食全部丟掉，一旦感到飢餓，就吃沒有熱量的爆米花。看到她丟掉收集了九個披薩的優惠券之後，我幫她訂做新的水槽。

我經常到公寓後山散步。那是雨後的隔天。能看到路面上小而深沉的腳印，連腳趾頭都清晰可見，看來是有人光著腳走過這裡，甚至還能看到幾個腳印中的皺痕。我脫掉鞋子，將自己的腳掌對著地上的腳印，比我的腳還小。我踩著腳印走在山路上，腳印拖得很長。我走著走著想起父親。他找到有甜味的草藥了嗎？我隨手拔下路邊蒲公英的根，放到嘴巴裡咀嚼。好苦。這個真好吃呢。我大聲地說。聲音消逝在夜幕沉落的樹林間。一轉眼，腳印斷了蹤跡，前方也不見其他腳印。

妻子坐在沙發上睡著。我坐在她身邊看她睡著前看的電視劇。「啊，我要看劇。」過了片刻，妻子醒來並說道。我把電視劇的劇情敘述給妻子聽，也跟她說男主角一點都沒有魅力。那是妻子喜歡的演員。我們來回轉台，看了中國很有名氣的歌手們演出的脫口秀、時事紀錄片和情境喜劇。遙控器大部分在妻子手上。電視節目全都結束之後，我將妻子抱到床鋪上。

「你剛剛散步怎麼那麼晚才回來？」妻子聽起來有些犯睏。

「嗯，在後山散步遇到老虎了。」

「真的嗎？」她聽上去真的想睡了。

我沒有回答妻子的話，因為我始終沒有忘記，那是我和她所加入的同好會裡的第一條規則。

遲暮少年

他抱起男孩開始奔跑。

他在男孩的耳邊低聲說道：「我不是壞叔叔。」

男孩嚎啕大哭，眼淚滴落，染溼他的肩膀。

眼淚很溫暖。

他在合約書上蓋章，那枚印章正是為了這天才去刻的。到三十三歲才買房不是件簡單的事。他端詳印在合約書上自己清晰的姓名，鄭雨淵。他第一次對自己的名字感到自豪。「雨淵」是他以前住的社區裡一間服飾店的名字。他母親並不認為這個名字有什麼多大的意義。他在四歲時見到他的母親。那時的他，長得比其他孩子都還要矮小，無法看出到底是幾歲，搞不好已經有五歲了。那天他蹲在公車站哭泣。雨下了一整天，衣服被淋溼，風一吹來便感到有股涼意竄進身體。一位正在等公車的大嬸拿出手帕為他擦乾淋溼的頭髮。大嬸問他，你叫什麼名字？然而他回答不出來，雨水似乎已將他腦海中的記憶沖刷殆盡。大嬸抓住他的手說，跟我走吧。緊握他的那隻手很溫暖，瑟瑟發抖的嘴唇不再顫動。轉乘兩次公車後，他到達陌生的社區。狂風呼嘯，雨傘都快被吹翻，立在路邊的招牌被風吹倒，擦過他的腳。招牌上寫著「雨淵服飾店」。他的名字就是來自這裡。一年後，服飾店的老闆捲走社區居民的會費趁著半夜跑路。錢被騙走的人們用腳踹服飾店的招牌洩憤。恭喜您。房屋仲介將合約書裝進信封袋並交給他。他是個誠實的人，這些事絕非偶然。

房子一點都沒變，不過周遭已面目皆非。原先是水田與旱田的土地，如今變成了公寓區。原身為「雨淵服飾店」的建築有一半被徵用來開闢道路，從店長在裡面一手拿著蒼蠅拍的小店鋪搖身一變成為別墅。隔壁與隔壁的隔壁也都變成多戶住宅。這一帶的房子以前都長得差不多，偶爾還會有酒醉的男人走錯家門。不過現在，只有他的房子還維持原樣。有個破舊的櫥櫃被棄置在院子一角。他打開半掩的櫥櫃門，裡頭鋪著一條老舊的毯子，看來是被上個住戶當作狗窩來用的樣子。他踩著瘦長的月見草花梗，環顧院子各處，想不起以前那棵蘋果樹的確切位置。

有一個男人總是在喝酒，那個人正是房東。他和母親租了一間小房間。母親在排骨店工作。母親回家後抱著他睡覺的話，能聞到排骨的香味，而光是聞那股味道就會有飽足感。他打開玄關門，走進房子裡。拉開窗簾，順著木紋剝落的油漆痕暴露在陽光下。一走進小房間，潮溼的腐爛霉味迅速朝他撲來，那股氣味源於親身接納歲月後的哀嘆。他摀起嘴咳嗽。這曾經是一間地板非常暖和的房間。被大雨淋溼的他在這間房裡包著棉被吃母親剛做好的飯。沒有合適的衣服，因此他赤裸著全身，用身體感受地板的熱氣。他因為疼痛而不斷挪動屁股的畫面依舊歷歷在目。稍微修整一下就可以了。他凝視比想像中還要更小的房間逕自說道。過幾天後，逐漸蔓延的黴菌將會消失，地板也會再次溫熱起來。

修繕工人掃視房間後搖了搖頭。

「這要整理起來沒完沒了的，乾脆直接新蓋一間吧？」

修繕工人把門打開又關上，從此處走到廊道盡頭，翹起的木板發出怪異的聲音。工人沒認出他，而他一眼就認出了工人。在他還小的時候，這個男人曾經來修過暖爐。當時男人還只是一名在自己父親底下當學徒的青年。男人的下顎有一道很深的傷疤，每當深思某件事情的時候，便會習慣性地撫摸那道傷疤。男人常常在攪和水泥或者裝暖爐時停下來摸那道疤。男人的父親修了一輩子的暖爐，經常告訴男人：「你一定要學技術，那樣是最好的。」男人遵循了父親的建議，成為一名技師。

他選擇淡粉紅色的壁紙，天花板則用深一點的顏色來搭配。糊牆是由工人的妻子來做，工人則拆掉地板、裝設暖爐。地板以櫻桃色的原木鋪設，牆壁貼上石板後，再貼上絲綢壁紙。客廳從此變得煥然一新。最讓他費心的是廚房。他訂做了較為低矮的洗碗槽以符合母親的身高，同時配置洗碗機和砧板消毒機。洗手間鋪上防滑瓷磚，浴缸則選用有按摩功能的。工人的父親雖然只是個暖爐修理工，但工人卻成長為擁有室內裝修才能的技師。在房屋修整的期間，他在院子裡搭帳篷睡在那裡，要吃飯時便拿出鍋具做飯，也會點附近的中式餐廳外賣來吃。每當輾轉不寐，他便把頭伸到帳篷外數星星。他還燒掉堆積在院子裡的垃圾取暖，產生的煙在住宅間飄散。房屋整修好之後，工人要求比原先約定還要高的報酬。

「工作量比想像中還要多。」

工人一一辯解。

「找一天我請你喝補身湯吧。」

他將原本約好的金額交給他。男人接過信封，不悅地表示：

「我不喝補身湯。」

他戴上手套。那是高檔名牌的皮手套。他將手套放到鼻子上吸了口氣，心裡頓時平靜下來。在這股感覺消逝之前，他連忙打開門，只花不到五秒鐘的時間。「哈！」張在一旁傳來低沉的聲音。玄關有一面全身鏡，因此當他走進屋內，最先看到的就是他自己。他和張最討厭的就是這面全身鏡。張跟在他身後走進屋內，並將全身鏡翻至面向牆壁。假如有個刑警對細微的線索刨根問底，那麼他會如何推理出犯人每次都要將鏡子翻面的心理呢？他看著張翻過鏡面，短暫陷入這股思緒。

客廳中央掛著婚紗照。「新娘很漂亮呢。」張盯著照片說道。臥房隱約散發新家具的氣息，新婚房的優點是沒有亂糟糟的雜物。他摸了摸尚未弄髒的櫥櫃門把。最近的新婚房裡都有櫻桃木櫥櫃和宣傳標語為「因為是女人所以幸福」的冰箱。他在櫥櫃裡找到首飾盒，其中有鑽石、珍珠和藍寶石的套組。他只留下珍珠套組，將其餘的首飾全都裝入背包。打開梳妝台後，發現裡面有兩個白金手鐲，他取出其中之一。「不偷光」是他們的原則之一，否則會良心不安。張從別的房間走來，手裡晃動一個白色信封，大概有五十萬韓元。他預估了一下那些寶石能賣多少錢。

「好了，就這樣吧。」

張點頭。

他坐在沙發上看電視。那是台擁有數十個頻道的衛星電視。五名女子在跑步機上奔跑，跑步機的價格在畫面左側閃動。那個買高檔皮手套送他的女人，有個願望是減肥。我連喝水都會變胖。女人每次都在吃飯前說一樣的話。而他也每次都在女人這樣說的時候回答，我也這麼覺得，妳現在到底幾公斤了？每當他戴那副皮手套上工，都覺得女人是他的共犯。那種感覺還不賴。他從背包裡拿出鑽石戒指，好像不太適合女人的手。說不定小指戴得下。他這麼想，將鑽石戒指放進褲子口袋。他看那些女人在跑步機上奔跑，睡意突然襲來，於是搓揉發睏的眼睛，打了個哈欠。

張坐在餐桌前喝柳橙汁、吃甜甜圈，並嘀咕冰箱沒東西吃了。他一旦進到別人家裡就會想睡覺，而張則是會感到飢餓。張的目標是去偷大伯的家，大伯繼承了父母全部的遺產，成為在首爾江南坐擁五棟樓的大富豪。張的父親因為出車禍被診斷為腦死，當時張第一次，也是最後一次去找大伯尋求幫助，然而卻被對方斷然拒絕。反正也救不回來了。我不會貿然把錢花在不確定的事情上。最後，張親手摘掉父親的呼吸器。張的大伯家被最新的警報裝置重重包圍，而張每天都夢到自己穿過戒備，輕而易舉地走進大伯家，把藏在屋裡的兩個保險箱掏空。然而如今張再也無法做那樣的夢了。大伯的公司破產，張要偷的一切都被貼上紅色扣押票。

「所以我找你幫忙調查的事，怎麼樣了？」

他走向冰箱並說道。張吃完甜甜圈，正在冰箱裡翻找其他食物。

「再等等，應該很快會有消息。」

張把頭埋進冰箱裡回答道。張拿出香蕉牛奶，神經質般地用力關上冰箱門。「完全沒東西吃欸！」原先貼在冰箱門上的照片掉到地面。照片上是一對年輕男女勾肩搭背，後方則是充滿異國風情的海洋。他撿起照片，如張所說，新娘真的很美。雖然不知道在幾年後，他們會不會無法相信照片裡的人就是自己。他將照片放進口袋。不知道那是哪個國家，但他很喜歡那片海的顏色。可以的話蜜月旅行一定要去那裡。不過她太胖穿不下泳衣，該叫她減肥了。他這般自語道。

他和女人一起參加公寓的動工儀式。三樓和四樓之間那塊一百多坪的空間放置了三十張桌子。桌子上有氣球裝飾點綴，入口貼著「鑽石建設公司公寓動工儀式」的告示。說是建設公司，但它原本是一間臭名昭彰的高利貸公司。讓人們用房子抵押貸款之後，威脅還不起債務的人，並用非常低的價格收購房產。女人是公司社長的祕書。社長是出了名的風流成性，而女人會成為祕書，還要多虧社長的出軌。社長夫人對丈夫總是戴著有色的眼光緊盯祕書感到不滿，於是便選中任職於會計科的女人擔任社長祕書。社長夫人對女人很滿意，因為她胖胖的，眼睛也很小。

他將鑽石戒指遞給女人。不出他的意料，戒指戴不進去。

「減肥完再戴。」

女人看起來一點也沒有被感動到。咖啡很淡、蛋糕太甜，且桌子沒有遮陽傘，光是坐著都會不自覺地皺起臉。再加上社長的話太多了，此刻並不適合求婚。女人一邊吃第五塊蛋糕，一邊問道。

「這個戒指是怎樣？」

他給女人看上次在新婚房偷來的照片。

「去這種海邊度蜜月好嗎？」

女人抬起手，叫來服務生，又點了咖啡和蛋糕。

「我有想要減肥。」

女人望向服務生的背影說道。他盯著沾到女人嘴唇上的奶油，這麼想，我再去偷一個戒指都比妳減肥還容易。

「那……我之後再送妳更好看的戒指。」

他在剩下一半的咖啡裡加糖並笑著說。緊張時要吃甜的才能冷靜。但是我看起來還是很緊張啊！他喝下更甜的咖啡，發自內心地笑。

「不用，我不需要戒指。我會減肥，然後去找比你更好的人。」

女人在吃下第六塊蛋糕時說道。直到動工儀式結束，他都沒有說話。社長走過女人身邊，拍了拍她的肩膀。教導他技術的前輩對他說過：「絕對不要把偷來的東西送給你愛的人，不然對方一定會離開你。」果然應該要相信處事已久的前輩們所說的話。他在回家的路上才意識到自己沒有拿回戒指和照片。小氣的女人。他朝地上吐口水。身穿校服的女學生們瞄了他一眼。

他坐在公車站很久。無論他怎麼想，就是想不起來為什麼自己當時會在公車站哭泣，也想不起來為什麼明明下大雨，自己一支雨傘都沒拿。他隨便上了一輛公車，搭到終點站，然後又在該站搭乘出發的公車，去到另一個終點站。廣播裡正在舉辦給聽眾的有獎徵答。題目很簡單，連他都答對了五題。一名主婦達成五勝，得到免費的峇里島旅遊券。主持人說如果達到六勝，可以獲得東南亞一週旅遊券；七勝的話，可以獲得歐洲旅遊券。要是拿到七勝的歐洲旅遊券，我就去找一個新女友。他下定決心，用手機輸入主持人的電話號碼。在他輸入完之前，電話突然響起。找到了！張興奮至極。

他在小店鋪前的椅子坐下，注視著對面的建築。那是一間製造電鍋的公司。他端詳張給他的照片。照片裡的人是他弟弟。從拍攝角度來看，這張照片就是在他現在坐的位子拍下的。照片裡的弟弟站在斑馬線上仰望天空。張說弟弟是電鍋公司的研究人員。他從皮夾裡拿出弟弟小時候的照片。年幼的弟弟身穿吊帶褲，站在溜滑梯前笑得羞澀。當時弟弟大概是四、五歲吧。照片似乎散發出一種檸檬味清潔劑的清爽氣息。他反覆交替看那兩張照片，弟弟胖得恰到好處，雖然沒有尖挺的下顎線，可是他突出的額頭和些微低垂的眼睛跟小時候別無二致。他等待弟弟的時候一共喝了五瓶罐裝咖啡和三種不同的梅子飲料，因此很想上洗手間，不過還是忍住了。

八點過後，弟弟和另外五個人一起下班，一行人走進公車站附近的啤酒店。他在弟弟的斜對角處坐下。弟弟起身去上洗手間，和他對眼後卻沒認出他。弟弟還是跟以前一樣習慣低頭笑，而且不到十分鐘就喝完一大杯啤酒。跟我一樣愛喝呢。他不禁笑出來。他跟隨弟弟的速度喝啤酒。弟弟的飲食習慣仍舊如故，喜歡吃香腸，因此完全沒碰其他下酒菜，只往香腸的方向動叉子。他們喝到十點多，有些人搭計程車走，有些人搭公車，還有些人步行回家。弟弟坐在公車站抽菸，目送一行人直到他們全部離去。

「能跟你借火嗎？」

他向弟弟借火，仔細一看，弟弟眼睛下方的痣消失了。弟弟搭乘39號公車，過了五站之後下車，然後走進十五坪的出租公寓。他坐在遊樂場的鞦韆上，遙望弟弟居住的一一〇六號。不久後，一一〇六號公寓客廳的燈點亮。

一名小男孩走近，坐到旁邊的鞦韆上。男孩的母親推動鞦韆。他配合男孩的速度盪鞦韆，兩個鞦韆一同起起落落。喀！男孩咳了一聲。晚上很涼，男孩和母親都沒有穿外套。每當鞦韆往後盪，女人便出現在他的眼前。她髮型凌亂，一移動身體，脖子周圍深藍的瘀青就顯露出來。路燈照在溜滑梯上，陰影垂落，穿過女人的身體，卻沒有蓋過脖子上的瘀青。喀！喀！男孩連續咳兩聲。他脫下夾克拿給男孩。穿這個吧。男孩的母親讓鞦韆停下，抱起男孩，轉身往公寓商店的方向徑直走去。他望著母子直到他們消失在商店的後方，接著從鞦韆上起身，走向弟弟不久前進去的那棟樓，按下電梯按鈕。

弟弟沒有稱他為哥哥，只是一隻手拿著圓形的卡片哭泣。母親把他的手掌放到弟弟的手掌上，說要好好相處。弟弟想不起自己的名字，只記得去年夏天去過游泳池。「你叫什麼名字？」弟弟張開五根手指。「那……你叫我『哥哥』吧！」弟弟嘟起嘴搖搖頭。弟弟長得比他還高。母親幫弟弟取了名字，泰淵。那是母親每天晚上流著眼淚看的電視劇男主角的名字。他不喜歡那個名字，電視劇裡名字叫做泰淵的男子不知道得了什麼病，幾週之後就會死去。不過，只要聽到雨淵，泰淵，人們便會知道他們是兄弟，這點倒是讓他感覺很不錯。

弟弟喜歡蘋果樹。房東家的男人坐在蘋果樹下喝酒，社區居民們嘀咕著男人的妻子過世後，他總是無所事事、整天喝酒。弟弟跟男人反覆說過好幾次自己去游泳池的故事，那天弟弟差點溺水死掉，生平第一次吃一種叫做熱狗的食物，還坐在父親肩膀上拍照等等。但是男人完全聽不懂弟弟在說什麼。這蘋果樹是我老婆種的。男人的回答前言不搭後語。弟弟喜歡把那個男人的手臂當作枕頭，躺在上面睡覺。有一種大叔的味道，我爸也有。弟弟抱著男人的手臂說道。

正值蘋果花枯萎的時節，那天弟弟也枕在男人的手臂上睡覺。啊！啊！弟弟大叫。他正在看螻蛄從院子那一邊移動到這一邊，聽到聲音後往弟弟的方向轉頭望去。男人把被弟弟當枕頭的手臂向內拐，卡住弟弟的脖子。男人睡著了，弟弟掙脫不開。幫我把手拿開。弟弟將雙腳伸向空中揮舞並說道。他正在掃開石頭和樹枝，讓螻蛄能夠通過，同時假裝沒聽到弟弟的求助。弟弟此時開始用腳敲擊平床㉔。「你叫我哥哥的話就幫你。」他頭也不回地說。「哥！」弟弟迫不得已只好答應。那是弟弟第一次叫他「哥哥」。他走向平床，試圖拽開男人的手臂，只是手臂絲毫不動。他看向男人，卻不見黑色眼眸。弟弟看見他驚恐的神情後便馬上大哭。風一吹來，至死不屈掛在枝頭上的花瓣終歸於凋零，墜落到男人死去的身體上。

弟弟的父母在一年後找來。當時正在吃午餐，身穿藏青色西裝的男人和紫色禮服的女人打開玄關門，摟著弟弟開始大哭。弟弟認不出和他一起去游泳池的父母。社區居民全都到他家圍觀。哥，我不想走。弟弟抓住他的手哭泣。媽媽！弟弟緊抓母親的裙子不放。弟弟的親生母親抱著弟弟哭喊，我是你媽，你的親生媽媽。

是新搬到隔壁的鄰居大嬸報的警，有人送了五箱清潔劑給她當作喬遷禮，只不過那五

㉔ 韓國老式建築中會放在院子裡的寬大木製平台。

個箱子都貼上了弟弟的臉。大嬸說她一眼就認出弟弟眼睛下方的痣。在全國舉辦的「尋找失蹤兒童活動」中，弟弟和其他十五個孩子的照片被貼在裝有清潔劑的箱子上發送到各地。弟弟被親生父母帶回家之後，他翻牆到隔壁。玄關門緊閉，他將別針插進鑰匙孔胡亂轉動，門開了。門鎖的喀嚓聲很好聽，似乎只有金屬物品會在黑暗中甦醒，那股聲響將吐息聲向內掩蓋。他屏住呼吸，等待那些隱藏在幽暗中的物品清楚顯現其輪廓。惴慄不安的情緒順著血管竄流全身，一瞬間他感到腳底發癢。他拆開五個清潔劑的箱子，將之全部撒到地上。箱子背面寫有「尋找失蹤兒童」的字樣。照片裡的弟弟身上穿著第一天來時穿的吊帶褲。他剪下弟弟的照片，上面寫著許多資訊，卻都和他知道的有所出入。姓名不一樣、年齡不一樣，生日也不一樣。

牛奶盒上也有失蹤兒童的照片。他每天喝一杯牛奶，喝之前會仔細瞧瞧盒子上兒童的面貌，不過始終沒看到和自己長得像的孩子，反而自己長高了。幾年後，他變成同輩中最高的孩子。多虧有喝牛奶。

他凝視一一〇六號，門鈴好像壞掉了，上面貼著黃色膠帶。他朝門下方的牛奶傳遞口踢一腳。是誰?屋裡傳來聲音。他嚇一跳，往後倒退一步。是誰?聲音再次傳來。這次的聲音比剛剛更近。

「泰淵！」

他叫喚弟弟的名字。

弟弟滿臉狐疑地盯著他。

「這是怎麼回事？」

弟弟將拿在手上的照片放到桌上，有幾張照片被桌上的水漬浸溼。那些照片是他在房屋整修過後拍的。那塊地板曾經一到冬天便會冰冷到無法光腳踩踏，如今僅憑照片就能看出有多溫暖。他拍浴室時，把水龍頭打開，讓熱水流淌。當然，從照片上分辨不出來是冷水還是熱水。他慢慢將照片收好，那些沾到水的則在褲子上擦一擦。

「你眼睛下面的痣，點掉了？」

他指向弟弟右眼下方。

「我原本就沒有痣。」

弟弟冷淡地回應道。他注意到弟弟右眼下方有道淺淺的痕跡。

「這是國小時受傷的，同學用鉛筆戳我……」

弟弟記錯很多事情，死在蘋果樹下的男人被他記成母親的丈夫，甚至還忘記自己以前多愛黏著那個男人。

「你知道那個男人把我的脖子勒住，讓我噩夢纏身多久嗎？」

弟弟搖頭晃腦，似乎害怕因為他的出現而再次夢見那一切。弟弟褲子口袋裡的電話響起，鈴聲的旋律令他感到耳熟。弟弟沒有接起電話。

「那個人就只是……隔壁的叔叔。而且你以前還特別喜歡他。」

然而，他的話語被電話鈴聲蓋過，他打算將手裡的照片放進口袋，卻拉不開拉鍊。

「媽說她想你。」

在他說完之前，電話鈴聲再度響起。

「到底要我講幾次，別再打了。」

弟弟對著手機大聲說，歇斯底里地將其蓋上。弟弟的眼角微微地顫動。

「那個女人，沒把我送去警察局。我的父母找遍所有孤兒院，結果那個女人只想把我藏起來。她沒想把我送回家！」

紅斑從弟弟的臉上冒出來，弟弟把手放在胸口，朝他鄭重地低頭道別。

「請你慢走。」

他緩慢地穿上鞋。玄關沒有全身鏡，所以他看不到自己的樣子。要是這裡有面全身鏡，他也會像張一樣將其翻面。他轉身把手放在弟弟的肩上輕輕地按壓。

「一次就好，拜託。」

醫生沒有阻止出院的要求。醫生很高，跟病患說話時總會稍微彎著膝蓋，讓視線跟病患對齊。母親很喜歡那位醫生。

「媽媽，請慢走。」

醫生握著母親的手，做最後的道別。

「要是我有女兒，都想要你當我的女婿了。」

母親輕撫醫生的後背做最後的道別。他也向醫生鞠躬以示感謝。

一下車，他揹起母親。「抓好喔。」他刻意緩步，喘著氣行走。挖土機正在拆房，揚起了灰塵。他的母親把臉埋到他的背上。他努力回想從前住在那間房屋的人，可還是想不起來。這裡，我想起來了。這裡不是那個算命奶奶以前住的家？我記得有個和我同齡的女生好像也住在這裡。早已睡去的母親打起鼾聲。他從後背感受到微弱的震動。

「哇，媽，妳怎麼那麼重，好累啊。」

他走到家門口後停下腳步。

「對……不……起。」

母親醒了過來，慢悠悠地說道。他等待這句話好久了。幾滴眼淚流下，不過也很快被風吹乾。

依照母親身高來訂做的洗碗槽對他來說太低，稍微做一點事馬上就腰疼。他做了雜菜，光是炒菜和煮冬粉就花了一個多小時。他還做了香腸煎蛋。很少有地方會賣小時候吃的那種粉紅色香腸，為此他還坐計程車去一趟大型超市。他放入秋刀魚罐頭，煮好辛奇火鍋後接著煮飯。他決定不在白飯裡加入雜糧。他也沒忘記為母親準備白粥和海帶湯。終於，門鈴響起，弟弟提著一籃水果來了。

「媽，泰淵來了。」

他打開臥室的門。才過沒幾天，房裡已經出現酸味。弟弟抽了抽鼻子。他堆疊枕頭，讓母親能夠靠著後背、略微傾斜地坐。弟弟行了個大禮。

三人端坐於餐桌前。母親說她的屁股沒有肉，坐起來會痛。於是他在椅子上鋪了三層坐墊。

「多吃點。」

母親撫摸弟弟的背說道。弟弟沒有回應，只是點點頭。

他代替弟弟大聲回答道。

「好！」

香腸吃起來不是小時候的味道，每咬一口都有股人工調味料的氣味濃烈地竄出。雜菜可能是煮太久，冬粉都糊掉了。炒魚板太鹹，辛奇火鍋沒熟。弟弟完全不夾配菜，只吃白飯。母親則是一直打嗝。湯匙碰到碗盤的聲音格外響亮。頃刻間，他想起三人一起吃飯的某個夏日。電風扇正在轉動，配菜是雞蛋捲和炒小鯷魚乾，湯則是海帶冷湯。明明是白天，母親卻沒出門上班。蒼蠅圍繞餐桌亂飛。看來蒼蠅也想吃雞蛋捲。母親聽到他的話笑了。他揮手驅趕蒼蠅，蒼蠅們互相纏在一起抖動翅膀。這時突然有隻蒼蠅掉進弟弟的湯碗

弟弟拿著湯匙哽咽起來。浸溼翅膀的蒼蠅試圖逃脫，可是牠越掙扎，翅膀就變得越沉

蒼蠅也想喝湯。他說道，只是母親和弟弟都沒有笑。母親將自己的碗推給弟弟，

碗拿到自己面前，從湯裡抓出蒼蠅扔到院子，隨後泰然自若地喝下那碗湯。

有隻蒼蠅掉到泰淵的湯裡，您記得嗎？」

，擺出完全不知道他在說什麼的表情。母親放下湯匙說道：

湯。」

和母親相視而笑。

「以前院子好像有一棵樹……」

弟弟突然開了個話題。他便指向院子左側說道：

「大概在……那邊吧。」

弟弟轉身往他手指的方向望去，之前搭的帳篷還在那裡。

「我打算在那個位置挖一個池塘，你覺得如何？」

弟弟轉頭看向院子，動了動嘴巴。他不知道弟弟說了什麼。

「你們……在說什麼，哪裡有樹？」

母親把水杯推到他面前並問道。他往杯裡裝滿水。

「有啦……」

他和弟弟異口同聲回答道。母親喝一口水，馬上皺起眉頭。那是用靈芝熬煮的水。

他洗碗的時候，弟弟在院子裡徘徊，時而靠在牆上，時而反覆在地下室樓梯爬上爬下，還進到他搭的帳篷裡躺下。母親睡得很沉，怎麼搖都叫不醒。弟弟走出大門時，他朝著弟弟的後腦說道：

「你想要的話，可以住下來。」

弟弟頭也不回地快步走出巷子。

他躺在床下睡覺。母親輕聲打呼。房間就算不開暖爐也很溫暖。他做夢了。夢到一場雨。他站在斑馬線的中間哭，不曉得自己該何去何從。風一吹，身體忍不住發抖。此時有人走來並抱住他，說，你去哪裡了？我愛你，孩子。他感到耳朵裡有一陣暖流。他張開眼，不知何時母親已經從床上起來，蜷縮起身體躺在他身邊。母親每一次呼吸，他都感到暖意透進耳中。

他戴上皮手套，將手套放到鼻子上用力吸了口氣，心裡頓時平靜下來。他撬開門鎖，只花不到五秒鐘的時間。弟弟說要再聯絡，可是卻杳無音信，電話也是別人接的。他打開門，想著要建議弟弟換一個門把。他掃視客廳並撓了撓頭。客廳和上次看到的不一
走到外面再次確認號碼。一一〇六號，沒錯。那時候他明明坐在沙發上喝咖啡，但
了，取而代之的是一張寬大的坐墊。客廳掛著全家福照，照片裡的媽媽把手放
，孩子正看著自己手上的氣球，爸爸則是對一切都很滿足似地露齒燦笑。鞋
補習班書包，書包上印有「金敏智」三個大字。他凝視全家福照，叫了
著氣球的孩子似乎對他笑了笑。

撿來的一家人做事並不俐落。瓦斯爐上還殘留湯汁溢出後乾涸的痕跡，洗碗槽裡還有早上吃完飯後放著的碗盤。他打開冰箱，看見沒有蓋上就放進去的菜盒。他從褲子後面的口袋裡拿出小螺絲起子，鎖緊洗碗槽。而後，他打開瓦斯爐加熱菠菜湯，與此同時取出配菜放在桌上。食物比想像中好吃。他一碗接著一碗，吃完之後就這麼放著，沒有收拾。他拿出原本要給弟弟的信封，在上面寫，這是飯錢。

遊樂場只有一個小男孩在玩。他坐在長椅上看孩子嬉戲。男孩在塑膠瓶裡裝沙子後，爬上溜滑梯，接著把沙子全倒在溜滑梯上。沙子滑到地面。男孩正是那晚和他一起盪鞦韆的孩子。在這樣的季節，男孩的穿著很單薄。他環顧四周，沒有看見男孩的母親。他向男孩走去。

「你叫什麼名字？」

男孩沒有回答。

「你幾歲？」

男孩沒有搭理他，而是專注地把沙子裝進塑膠瓶。男孩的手每動一下，便會露出纖細的手腕。他抓住男孩的手腕。啊！男孩大叫。他抱起男孩開始奔跑。他在男孩的耳邊低聲說我不是壞叔叔。男孩嚎啕大哭，眼淚滴落，染溼他的肩膀。眼淚很溫暖。

慢走，後會有期

「要刪掉嗎？」她們按下「是」的按鈕。

此後，她們手機裡的 24，永遠會是空號。

如同初次見面一樣，H 緊握著 K 的手，O 也緊握著 K 的手。

K 則是用力地上下擺動起自己的雙手。

「慢走，後會有期。」

＊

滑雪場空空如也。她們舉起綠色雪橇往坡上走去。雖說是滑雪場，但也只不過是在坡度適當的山丘設置界線，然後在其中撒雪而已。O走在前方突然踩空。小心點。H跟在後方，扶住O的腰。坡道上裝設木頭階梯以防止有人滑倒，只不過上面的積雪讓階梯變得更危險。這是哪門子的滑雪場啊？K發牢騷。她穿了有跟的鞋子，走得比其他人都還要緩慢。誰會穿那種鞋子來這裡啊？W在後方等待脫隊的K並說道。等到K走近，W向她伸出手。K對W翻白眼，然後抓住W的手。

她們坐在雪橇上俯瞰雪坡下的風景，透過樹林望去，是一棟棟圓木搭建的房子。H指著煙囪漫出濃煙的房子說：「那是我們住的地方嗎？」另外三人同時回答：「嗯。」只有一間房子的煙囪在冒煙，看來房客只有她們。那天是一年的最後一天，人們都到海邊看日出了。誰會來這種地方跨年。W環顧圍繞四周的山群並說道。她們曾經也會為了看日出去到東海，在浦項市虎尾岬迎接二十二歲的到來，也在正東津海邊迎來二十五歲。她們曾在旭日東升時虔誠地禱告，當然那些祈願一個都沒有實現。去年還參加並贏得了電信公司舉辦的抽獎活動，搭乘夜班公車去一趟曙光旅行。她們當時才知道原來西海同樣看得到日出。那天的雲層厚重，掩蓋住太陽，歸途還很漫長，於是她們便在休息站買年糕來吃。結果大家都消化不良，把剛下肚的年糕湯全部吐到塑膠袋裡。那次之後，她們四人當中只要有人提到日出這兩個字，大家都會感到頭暈目眩。而且，她們也沒有任何願望要許了。那間房子感覺超溫暖的。O將雙手放到後腰揉一揉。

「要不要比誰最快？」

「要嗎？」

「不過，要賭什麼？」

「嗯……贏的人決定。」

「好啊。」

「出發！」W突然大喊，然後雙腳蹬地向前方猛衝。後方的朋友們這才會意過來，跟在W後面。歷經一再融化與凍結的粒雪變得十分粗糙，H的雪橇翻倒，臉直接撞上堅硬的雪堆。O在學生時期就很有運動細胞，然而即便她將身體後仰，最大限度地加快前進的速度，依然追不上率先出發的W。我贏了！W抵達終點，朝著天空握起雙拳揮舞。K最後一個抵達，她脫下鞋子給其他人看，並抱怨道：「妳們看啦！鞋跟都斷了，這雙鞋子很貴欸……」K嘟起嘴，W抓起雪朝她丟去。

夜幕降臨得很早。日落之後，時間的流逝逐漸緩慢。她們攤開報紙，坐在上面烤五花肉。各自決定要買來的東西全都錯了，沒有人帶米飯和辛奇，有兩個人買五花肉，兩個人買燒酒。「好險，如果我們帶相反的東西就完了。」她們盛滿酒杯，安慰彼此。酒喝到一半轉過身去，看見自己的臉映在客廳的玻璃窗上，她們對著自己、或其他人眨眨眼。十人份的五花肉被她們吃得一乾二淨，打嗝都會冒出豬肉的味道。確認完肉真的一點都不剩了之後，她們並排躺下開始仰臥起坐。「要去散步嗎？」話一說完，她們全都走出屋外。比想像中還要寒冷，周遭一片漆黑，連身邊的朋友都看不見。「呃啊，好冷！」她們在原地跳了幾下後馬上回到屋內。

「怎麼這麼沒精神啊？」有人說。「對啊！」有人回答。她們同時嘆了口氣。屋子裡溫暖到有點悶熱了。她們迷糊地睜開睡眼，踩著其他人的腳走到廚房，咕嚕咕嚕地喝下冰水。在她們睡覺的時候下了一點雪，但也很快融化。烏雲漸漸消散，與氣象預報上說的不一樣。假如她們是去海邊旅行，或許能看到比過去十年來都還要明晰的日出。

H的手機響鈴，是六點的鬧鐘。H從背包裡拿出手機打開翻蓋又再度闔上。「妳起得好早。」K將棉被蓋到頭上，半睡半醒地說。三十分鐘後，O的手機響鈴。「抱歉！我不知道我有設鬧鐘。」O一邊道歉一邊起身。「妳的臉有瘀青。」O伸懶腰，指向一旁正在打哈欠的H笑道。聽到這話，K翻開棉被瞧了瞧H的臉。H走到客廳找鏡子，那面鏡子大到能容納她們四人的身影。「真的欸。」踩在雪橇上翻倒的時候，臉撞出一塊瘀青。「不過……W跑去哪裡了？」O和K在房間裡同時問道。H正透過鏡子看向窗外的風景，昨夜下雪的痕跡全都消失了。風一吹來，懸掛在窗邊的風鈴傳來悠揚的鐘響，樹上不曉得有什麼東西在搖晃。H深吸一口氣，緩慢地轉頭望去。「啊！」H用右手摀住嘴巴。「怎麼了？」待在房間裡的朋友們跑出來。W的身體懸吊著隨風搖盪。O緊閉雙眼，K癱軟倒地。

「昨天晚上有什麼不尋常的事嗎？」警方對她們問了同樣的問題。「沒有。」她們搖搖頭一致地回答道。「她沒有自殺的理由。我們說好了春天要去蟾津江賞梅，還要存錢去吃龍蝦。她的弟弟夏天要辦婚禮，而且她媽媽剛動完胃癌手術，病情正在好轉，也快要出院了。」O對著兩眼充血的警察說道。「我們還有很多事要調查，肯定有哪裡出了問題。」H從W的背包裡拿出手機，打算聯絡W的家人，只是卻想不起電話號碼，反而想起高中時期，W總是喜歡模仿歷史老師的聲音逗笑全班同學。W的手機螢幕摔得粉碎，看不見任何東西。H長按數字「1」。由於破碎的螢幕，她不知道剛才按下的這通電話究竟會打給誰。W的弟弟接起電話。H分不清在顫抖的是自己的聲音，還是拿著電話的手。她的眼淚滲進了手機。

葬禮很樸素。警方迅速以自殺結案。根據警方的調查，有許多導致W自殺的原因：她因為母親的醫藥費欠下高達三千萬韓元的債務，於是用五張卡艱難地拆東牆補西牆。她還被約好要結婚的男朋友背叛，得了一段時間的憂鬱症。警方的結論是，W早已忘卻有關前男友的回憶，但因為弟弟即將結婚，那段回憶再次給她帶來痛苦。然而她們完全不相信。O欠的債比W還要多，K被之前交過的男朋友詐騙，H還在二十歲那年一時間失去雙親。W在那些時候都安慰她們。葬禮結束之後，她們回到家，將手機電源關閉，拔掉電話插頭，陷入漫長的睡眠。

*

從W的葬禮回來，O整整睡了三天。醒來之後，她突然對自己睡那麼久的好覺感到憤怒。除此之外，她完全沒有做夢。自從住在地下室以來，她的睡眠時間就變長了，因此上班遲到的日子也越發頻繁。每當被上司警告，她總是怪罪於那間沒有窗戶的房子。她還建議患有失眠症的同事搬家到地下室。O也曾經住在有大窗戶的房子，每天都被清晨刺眼的陽光亮醒。O的哥哥對她說三年一到便會還給她好幾倍的錢，只是約好的三年很快地過去了。O的優點是事情忘得飛快，於是她如今還能夠直視哥哥，並對他微笑。

課長對無故蹺班的O發怒。「喂！都幾天了？與其這樣不如別來上班了。」她用手機錄下課長的聲音，這是他第五次這樣說了。O在自動販賣機公司的會計部門上班。她從來沒缺勤過，工作量大時星期日還會加班，發薪日如果推遲也不會憤恨不平。而且，課長的小孩辦周歲宴會的時候，她也一次不漏地給出紅包，課長可是有四個小孩。

O撥通公司電話，大吼道：「你一次都沒問過我是不是有哪裡不舒服，沒心沒肺的傢伙！」宣洩過後，O離開了任職七年之久的公司。掛掉電話後，O仍然拿著話筒罵個不停。她好像知道為什麼人要罵髒話了。糾結在心坎裡某塊沉重的物體正往肚臍下方陷落，

O跑到洗手間暢快地排泄，困擾她十幾年的消化不良和便祕在一瞬間排解。她感到飢腸轆轆，坐在馬桶上猛地握緊雙拳。是呀！總得吃點東西！

O往新蓋的公寓區走去，家具店吊掛橫幅，宣告出售打折的物品。她在壽司店和刀削麵店之間猶豫。一想到熱騰騰鯷魚湯裡的麵條，她不由自主地感到溫暖。壽司店門口寫著「午餐特選：只要一萬元，壽司無限量供應」。只要想到壽司她就垂涎不已，於是最後她走進壽司店。

壽司很好吃，她吃光五盤之後仍然不覺得飽。「味道還可以嗎？」老闆走來，向O打招呼。「嗯……這個嘛……」O含糊其辭。老闆不安地眨了眨眼。「開玩笑的啦！非常好吃。」O笑著說。老闆將右手放在胸口，鬆一口氣說道：「謝謝您。歡迎您再次光臨。」O用手夾起壽司，說道：「我原本不吃有腥味的東西，但是現在口味好像變了呢。」老闆走回廚房，拿出溫熱的清酒，然後幫她倒酒，並說：「這是送妳的。我以前也很討厭海鮮，不管是我家還是岳家的祖上幾代人都沒有在海邊附近生活過。但誰知道我現在在這裡做壽司。」

眼看O喝下清酒，老闆走向另一桌和客人介紹壽司的種類。O對老闆稍微點頭示意後走出店外。身體趁酒意變得暖和，走著走著那股暖意湧入腹部。於是O不得已進到眼前所見的每一棟建築物裡尋找廁所。沒有任何能進去的洗手間，每每遇到洗手間關著門，她便會朝門口吐口水並大罵髒話道：「開一下門是會死嗎？」當她終於找到開著門的洗手間，隨即高興地哼起了歌。O再次暢快地排泄。一天上兩次，根本是奇蹟啊！她一邊擦手，一邊自語道。

正當她想出去，洗手間的門卻打不開。門把無法轉動，不知道是不是壞掉。她敲了敲門，但沒有一絲動靜。她把背靠在門上，掃視洗手間。有一張紙貼在洗手台的鏡子上，寫著「誠徵清潔工」和電話號碼。儘管電話號碼因為沾到水而暈染開來，仔細看仍能分辨出數字。接聽電話的人好像遇到什麼有趣的事一樣，不停地咯咯笑。「嗯……我也沒道理白幫妳開門……」外面的人修理門把的時候，O蹲在洗手間地板，窺探瓷磚上的腳步。「那個，剛剛接我電話的人在外面嗎？」外面有人回答O，有。O的聲音響徹空蕩的洗手間：「請問，你們找到清潔工了嗎？」洗手台上，水滴答一聲落下。

這棟建築物有五層樓，一共有十個洗手間，O每天都要打掃兩次。樓主要求一併清掃走廊和樓梯。O每天早上七點和晚上七點工作，清理一次大約要花三個小時，報酬並不是太高，可是她白天會有很多自己的時間，所以很不錯。將清潔劑倒入馬桶後刷去汙漬讓她很有成就感；用抹布擦拭瓷磚上的鞋印令她連心靈都感到明淨敞亮；把樓梯邊緣的防滑條都擦拭得閃閃發亮時，她不禁感到興奮不已。

幾天之後，三樓的幼兒園園長找到O。園長說：「我們托兒所的孩子沒有那麼多了，只要做午餐就好，他們都會各自帶便當盒，所以也不用洗碗。」O點點頭。早上打掃完之後，她便去幼兒園做孩子們的午餐。看著臉頰胖乎乎的孩子們吃飯的模樣，她不再感到煩惱。星期六不需要做午餐，她會去買一個星期分量的食材。她開始去書店買烹飪書籍，學習營養成分和熱量的相關知識。

O的手上長了溼疹。水滲進靴子，一到晚上手臂便腫得鼓脹。到凌晨一點，她的小腿必定會抽筋，搓揉腿部很久之後睡意全消。她雙手插進口袋，緩慢地走著夜路。走到累了就坐在公車站木然地望向燈光早已熄滅的大樓。她走進便利商店一邊吃泡麵，一邊等待日出。便利商店總是亮著燈，陳列於架上的物品沒有一絲倦容。她想了想，似乎坐在便利商店等日出比坐在公車站通宵還溫暖多了。O走向坐在櫃檯打哈欠的女人。「請問，這裡有缺人嗎？」

坐在櫃檯的人是店長，她在離婚之後用贍養費開了這間便利商店。店長拿給O一杯溫熱的飲料，而接過飲料的她也只好聆聽店長發牢騷。「妳看我的臉，晚上不睡覺皮膚就會變得很糟糕啊！」O向前探頭，仔細觀察店長的臉。以四十幾歲的人來說，她的膚況很不錯了。「終究還是要有個信得過的孩子，那就拜託妳了。」店長伸懶腰並再次打哈欠。O也跟著一起打哈欠。

O到文具店購買厚磅的圖畫紙。她在圖畫紙上畫一個圈，還有小學時做的那種生活計畫表。早上七點到十點打掃、在幼兒園做午餐到一點、下午五點就寢、晚上七點吃晚餐和休息、打掃到十點、在便利商店倉庫睡到十二點、晚上十二點到早上七點便利商店工作。她將生活計畫表貼在牆上，感覺自己是個活得非常誠實的人，於是不禁得意地聳聳肩。O撥通哥哥的電話，這樣說道：「哥，與其等你還我錢，不如我自己賺比較快。」O的哥哥在電話另一邊欲哭無淚。

「這樣妳什麼時候睡覺？」她總是被問到這類問題。而她每次都淡然地回答道：「有空的時候。」

幾個月之後，便利商店的店長送維他命給O，幼兒園園長說要介紹她去一間厲害的韓醫院。「妳照照鏡子吧！」人們一見到O都會說這句話，O卻完全無法理解這句話的意思。她完全不覺得疲憊。只有偶爾站在櫃檯結帳時會不自覺地兩腿發抖。每當遇到這個情況，她都會去壽司店吃到老闆虧損。O不再看電視，於是把有線電視停掉。每個月的電費減少到只要五千韓元。

*

H將郵件分裝到四個箱子，箱子上寫著公寓的名稱。今天要送的郵件比平常還少。嗯～四個小時就能送完。H看著箱子裡的郵件稍微估算一下。H在四年前成為宅配員，在那之前她從來沒有進過職場。她的父母因為車禍過世，而她拿到的遺產是一間十八坪的公寓。父母做事謹慎買了很多保險，有生命保險、年金保險、汽車保險等等。一大筆保險金匯入H的戶頭。她是獨生女，並不會陷入兄弟姐妹之間的遺產糾紛。親戚們都說她還算幸運，而H再也不跟那些說出這種話的人見面。

H在出發遞送郵件之前吃了午餐。她用鯷魚和海帶熬湯，並在此時間用早上和好的麵團擀出麵條。就算是一個人，吃飯也不能馬虎！她好像聽見了母親的聲音。洗完碗盤後，她去洗手間刷牙，接著把箱子搬上推車，然後到客廳中央懸掛著的全家福照前對父母打聲招呼，我去上班了。

父母過世之後，H時常回憶起父母對她嘮叨的話。她一一將那些壞習慣都改掉：不再吃即食品、吃完東西一定馬上刷牙、不把沒洗的碗盤堆在洗碗槽、不要有剩湯、煮飯要加雜糧。H嚴格的父親總是不滿她睡到很晚，而她現在每天早上六點準時起床，學父親以前的習慣，在陽台上做體操，然後幫花盆澆水。她也改掉聽完音樂後，把CD隨便放進一個盒子的習慣。她每三天打掃洗手間一次，每週整理冰箱一次。改變習慣比想像中還要困難。她盯著鏡面，緊咬嘴唇到滲出血來。每當她改掉一個壞習慣，便會注視照片中的父母問，現在可以了嗎？滿意了嗎？就這樣過了幾年，H的父母找到正在睡夢中的H，在她耳邊輕聲地說，嗯，我們現在很滿意。H覺得耳朵很癢，於是在夢中笑了。一到隔天，H把履歷投到十幾間公司。

玫瑰公寓大樓第四棟三〇一號沒有人在家。H讓警衛簽收郵件，接著在玄關門上貼一張紙條，已將郵件交給警衛大叔，再請您去取貨。或許隔天門上就會貼著「謝謝您」的紙條了吧。H從來沒遇見過三〇一號的住戶，不過去年聖誕節有收到對方的禮物。就像H把郵件交給警衛一樣，三〇一號的住戶也將禮物託付給警衛大叔。雖然不知道是誰，但真的是好人呢，媽。H走出玫瑰公寓大樓，抬頭仰望天空。彩虹公寓大樓裡有一間北京餐廳，餐廳老闆的名字和父親一樣。老闆的身上散發熱油的氣味。H想吃糖醋肉，也想吃八寶菜。北京餐廳裡肯定瀰漫著促進食慾的氛圍，光是看到老闆鼓起的肚子就令她口水直流。爸的肚子現在搞不好也那麼大，所以要多運動。H的臉上不自覺地浮出笑容。

一個手裡總是拿著白色拐杖的女人坐在彩虹公寓大樓前。那是住在二〇四棟一〇六號的女人。H坐在女人旁邊。「妳好。今天沒有我家的信嗎？」儘管H一句話也沒說，一〇六號的女人每次都認得出是她。女人說H的身上有一股味道，像是太陽下山以前的風。

「我看看喔，今天沒有欸。不過明天會有的。」H假裝翻找箱子裡的郵件說道。

「嗯～我也感覺到了，明天會有寄到我家的包裹。」女人輕輕地搔頭笑著說。

一頂毛帽掉在路上，溜直排輪的孩子從上方跳躍過去，提菜籃的大嬸則不經意地踩過。頭髮斑白的老奶奶推動嬰兒車經過，在毛帽前短暫停留。「她現在把帽子拿起來，正在確認乾不乾淨。」H好像在播報體育賽事一樣跟一〇六號的女人描述人們的行為。老奶奶拿著帽子環顧四周，走向行道樹，然後將帽子掛在低垂的樹枝上。「帽子會被風吹下來嗎？要是帽子的主人來找的話就好了。」女人雙手握在胸前說道。

「幼稚園校車來了。」女人站起身子。如同女人所說，幼稚園的校車駛近。女人說她只要聽引擎聲就能猜出是校車、自用車還是一般公車。孩子一下車便跑來撲進女人懷裡。

「媽媽，妳知道嗎？……」孩子剛下車便忙著說個不停。短髮的孩子與看不見前方的母親勾著彼此的雙手走去，H凝視她們的背影良久。確認母女二人走回公寓後，H趕緊回家，回到父母親正等著她的家。

H的手機沒有儲存家裡的電話號碼。她在剛買手機時才意識到家裡僅剩下她一個人了。她長按數字「1」，電話打不出去。對於H來說，快捷鍵「1」永遠是空號。她從口袋拿出W的手機，當時她忘記還給W的家人。手機天線上有齒痕。她將W的手機插入自己的充電器，紅色燈光亮起。「別讓心中的記憶消逝。」這是W對她說過的話，是在W幫她擦拭掛在客廳的全家福照時所說的。「被銘記在心中的人，永遠不會消亡。所以不要遺忘妳的父母親。」H用手機發出一則簡訊，今天晚餐吃鮟鱇魚湯。W，妳很會做飯對吧？那個要怎麼做才好吃啊？W的手機隨即「嗶」的一聲響起簡訊的鈴聲。

氣候日漸溫和，陽台上的花朵盛放。住在彩虹公寓大樓那位看不見的女人懷孕了，幾年之後女人會兩手都牽著孩子在路上行走。除了這個之外，生活沒有任何改變，H依舊準時起床、好好吃每一頓飯，不會送錯郵件。要是信件比較晚送達惹得顧客生氣，她也親切地予以微笑。只不過，她也變得比從前更常自言自語。

＊

她們在高中二年級時成為朋友。O和H一年級同班，剛開學就變成摯友，兩人總是形影不離。暑假結束之後，W加入她們。O和H經常因為小事陷入爭吵，W則在她們之間適當地調和彼此的關係。因為這樣，三人並沒有產生一般女學生之間常見的嫉妒心理。K雙手抱胸朝窗外望去，孩子們揹著補習班的黃色書包走過來。K早已忘記自己是如何和號稱「三劍客」的她們成為朋友的。

「老師早！」孩子們向K打招呼。「好，早安。」K伸出手向孩子們揮動。一名眼睛下方有縫合疤痕的孩子看到K，露出受到驚嚇的神情，沒對她打招呼，直接跑進教室。K沒看過那個孩子。「那是誰？」K詢問跟在後方的助教。「那是今天新來的孩子。他媽媽說他不擅交際，很害羞，讓媽媽很擔心。」K讓孩子們背誦上次學過的九九乘法。孩子們全都咧嘴笑著，唯獨那個新來的孩子緊閉著雙眼和嘴巴。「怎麼了，不會嗎？」K問道，那孩子隨即睜開雙眼。K突然沒來由地心頭一震，感到一陣寒意穿過胸膛。孩子的背後有點模糊，但她很確定，那是一道陰影依附在孩子背上。「今天我們要學四的乘法喔。」K的聲音在顫抖，汗珠自額頭滲出。

不知道從何時開始，K能夠切身體會他人的痛苦。有一天，在下班回家的路上，K坐在公車司機後方的位子，她看到司機背後浮現黑色的物體。K揉了揉眼睛，揉到眼睛都快充血。從那時起，她能夠看見人們揹著自己的影子。她還去看眼科，說自己看得到幻影。

在公車站賣糖餅的大嬸背後也有陰影。賣糖餅的大嬸在去年夏天因為家裡失火，失去了所有親人，只有她自己活下來。因此她帶著那份罪惡感過活，即使在寒冬中也不生火點燈。那些背負著陰影的人們悲痛的過去一一在K眼前浮現。怎麼會有這種事！每一次的遭遇，K都別過頭去。

有時候，K還會看見特別濃厚的陰影。在市場小巷裡賣菜的奶奶就是如此。老奶奶身形佝僂，陰影便顯得更為厚重。老奶奶的丈夫被兒子殺害。可能是經常對家人行使暴力。每當老奶奶想起被判處無期徒刑的兒子，便會嚼著自己賣的沙參把淚水嚥下。老奶奶的悲傷太過深重，以至於K無法承受。遠超出自己身體數十倍大的黑暗朝K襲來，她癱軟倒地。世界上有數不盡的人強忍著悲傷度日。她甚至曾經一個禮拜昏倒三次，也曾在昏倒時撞破頭、拉傷手腕韌帶，逼不得已只好讓妹妹幫忙她上下班。所幸幼兒園裡的孩子身上不會有陰影。

眼下有疤的孩子走下校車，卻停在原地一陣子。一同下車的孩子全都已經回家，而他仍站在原地四處張望。「媽媽還沒來嗎？」K握起孩子的右手說道。孩子則點點頭。孩子在文具店門口前停下腳步，K將一百元投進遊戲機。「玩一場再走吧！」孩子所駕駛的飛機迅速被敵人開槍打爆。

孩子住在一棟殘舊的兩層樓建築。剛按下門鈴，便聽見孩子的媽媽大喊道：「怎麼這麼晚回來？」孩子媽媽長得和K很像。「說我們是姐妹也會有人相信。」孩子媽媽開玩笑道。她說話時表情很開朗，但一閉上嘴會瞬間變得愁眉苦臉。「會冷嗎？」孩子的媽媽問道。K拿著杯子，手不停地哆嗦。孩子的媽媽所背負的陰影比孩子還要沉重。「再多拜託您了。」兩人彼此恭敬地道別。

K站在孩子的家門口。她總算想起自己是怎麼跟W當上朋友。當時正流行一款知名品牌的室內鞋。除了幾個偶爾才來上課的籃球選手以外，全班都穿這雙鞋。正當K準備換鞋去操場時，W走向她說道：「妳那雙是假的吧？」並對她展示起自己的鞋子，接著繼續說：「其實，這雙也是假的。」兩人便是因為如此而成為朋友。高中二年級時，她們四人都穿著像正版一樣的冒牌室內鞋。

一到晚上，孩子的媽媽出門。K跟在女人後方。女人站在國小操場上。原地做完體操後，女人繞著操場跑步。對嘛，要想平息那股憤怒，至少去運動一下。K坐在長椅上注視著女人奔跑的身影。月亮高掛於樓頂的升旗台上。K壓低帽簷，右手抓起石頭，揉了揉腳踝，轉動幾次膝蓋，而後往操場跑去。「妳好。」K向前方正在跑步的女人打招呼，然後在女人回頭看她之前，用石頭砸向女人的頭部。女人的頭鮮血直流。「不管多憤怒都不能拿小孩子出氣！」女人聽到「K的話後變得侷促不安。「她能從鏡子裡看見自己背負的傷痛嗎？」K感到好奇。她依然是那個腳上穿著冒牌室內鞋的高中生，她永遠都不會把那雙鞋脫掉。而W早就察覺到這件事了。

拜託妳，現在離開我身邊！

K擦拭染血的手並自言自語道。陰雲遮蔽月光，天色越來越晦暗。濃烈而深重的黑暗朝K直逼而來。

*

「左轉。」O緊盯地圖說道。「妳應該早點說啊。」H蹙眉回答道。車正停在雙線道，無法左轉。O將頭伸出窗外。「沒有警察，快點左轉！」O話音剛落，H隨即向左轉。後方車輛傳來嘟嘟的喇叭聲。「唉，好吵啊。」O關上車窗咕噥道。「這條路，以前好像來過。妳不覺得嗎？」H一邊開車，一邊喃喃道。「妳說什麼啦！講大聲一點！臭女人。」O將手裡拿著的地圖往後座扔去，然後閉上眼睛睡覺。「如果住在這種社區就好了。哇！那間房子也很不錯呢。」H的低聲獨語被O的鼾聲蓋過。

K在醫院大廳等待朋友，透過窗戶看見有輛眼熟的車抵達。那是H的車，她也曾經坐過那輛車去過很多地方。K揮揮手。朋友們下車後才看見K，也揮了揮手。

「好久不見。」

「嗯，好久不見。」

「過得好嗎？」

「嗯，過得很好。」

H緊握著K的手，O也緊握著K的手，K則上下擺動起自己的雙手。

三人鋪起墊子，坐在草地上。儘管陽光和煦，風還是帶來一絲涼意。H準備了食物，三層餐盒裡裝滿小菜。「妳真的很會做菜，有夠好吃的。」O不斷地夾菜並說道。H朝O的手背狠狠地抽打一下。「我做這些不是為了給妳吃的。」H把碗盤推向K。「我不用了，在這裡也吃得很好，又不是肚子壞掉，是這裡壞掉吧。」K用食指指向自己的頭說道。

兩名工人吊在醫院大樓上，擦拭醫院的玻璃窗。O望著已經擦好的玻璃窗，窗戶上的雲朵飄動，樹木也搖晃著。洗手間很容易變髒，如果可以的話，O也想試試看擦玻璃的工作。H望著吊掛在建築物上的男人。「啊！剛剛風吹過，繩索晃了一下，妳也有看到吧？」H輕聲說道。只是O和K聽不到她說的話。K閉上雙眼，聆聽水滴落的聲音。幾名病患走近建築物底下的水柱，淋著水嬉戲。O突然往建築物的方向跑去。過一會兒，O舉著「V」的手勢回來。「我剛剛去上廁所！便祕沒了！」兩位朋友對O鼓掌恭喜。

H對K說了W曾經對她說的話：「妳要知道，什麼事都不會改變。然後妳想說什麼話就說出來。」K跟H一樣開始獨自說話：「滑雪妳不是贏了嗎？為什麼什麼話都不說。妳總得說我們要買什麼給妳啊。妳很清楚，妳是作弊才贏的，我們只是讓妳的。」她一開口便停不下來。K想到自己跌倒的時候，總是W對她伸出援手；她被男朋友欺騙的時候，也是W代替自己臭罵對方；O被公司上司欺負的時候，W還曾經跑到上司的家裡，在對方的床上撒尿。「妳總是替我們出聲，替我們哭。全都是妳的錯。」K流下眼淚。

O從座位起身，大吼道：「一群瘋女人！這是在幹什麼！」她丟掉手裡的筷子。「來學我做一樣的動作，快來學我。」O突然開始蛙跳。跳完一百下之後，在草地上做起伏地挺身。「瘋女人，就這麼死掉，有夠倒楣的。」O每次反覆彎曲與伸直手臂時，都狗血淋頭地罵道。「要死的話找個沒人的地方自己去死一死，瘋子！」做完伏地挺身，O又躺在草地上做仰臥起坐，她的額頭汗如雨下。H和K躺在O的身邊，也跟著做仰臥起坐。「瘋女人，怎麼死了啊？媽的！」、「瘋女人，怎麼死了啊？媽的！」她們每做一次仰臥起坐就罵一次。H和K的額頭同樣汗如雨下。

路過的護士全都停下腳步看著她們，待在病房內的人們也把臉貼在窗戶上看她們。她們的腰痛到快要斷掉，卻都沒有停下。

現在肚子餓了。她們做完仰臥起坐後，吃起剩下的食物。K沒有從雜菜裡挑掉菠菜，O沒有從飯裡挑掉豆子。O跑到醫院裡沖了三杯咖啡。「乾杯！」她們碰撞彼此的紙杯。「趕快好起來。」O和H同時說道。喝下一口咖啡後，K說道：「妳們，回家之後拜託照照鏡子。有病的不是我，是妳們吧。」

她們在醫院大廳道別。K沒有讓她們看自己的病房。分別之際，K拿出手機說道：「妳們也把手機拿出來吧。」O從口袋裡、H從背包裡拿出手機。「刪掉吧！」K說道。O點了點頭，H則轉頭望向空中自言自語，不知道在說些什麼。W電話的快捷鍵是24，她們高中二年級成為朋友的時候，W就是24號。「要刪掉嗎？」她們按下「是」的按鈕。此後，她們手機裡的24，永遠會是空號。如同初次見面一樣，H緊握著K的手，O也緊握著

K的手，K則是用力地上下擺動起自己的雙手。

「慢走，後會有期。」

〔書評〕撫慰的文學，「信不信由你」的餐桌共同體

——文學評論家蘇英賢

尹成姬小說的最終目標是去傾聽那些孤獨者所隱瞞的故事，

講述那些將自身絕望幽默化的小人物，

為我們時代裡「邊緣人中的邊緣人」提供慰藉。

尹成姬的小說意圖使小人物成為彼此的安慰，

並藉安慰的溫情感染讀者。

「輕聲細語」和「小心翼翼」

尹成姬的小說寧靜得猶如深淵，因為她的小說裡充滿了小人物的故事，而聽覺不靈敏的人很難聽見那些聲音。小人物所在的世界和我們的世界近乎相同，卻也絕非完全一致。在那裡，孩子們被遺棄、愛人離去，小人物們為了生計而繼續他們的日常。他們依然很孤獨。儘管如此他們所生活的世界並不無情。因為在那裡，「父親」這個角色作為反叛的對象與懲罰的主體，無論是象徵性，還是在現實層面都不存在。小人物的父親也只是無能的小人物（〈在迴轉彎處埋下藏寶圖〉），只有在為了守護子女的安危時才會鼓起勇氣。我們的人生當中也有名為「藏寶圖」的成功指南，但是小人物早已知曉那「藏寶圖」所指向的人生盡頭只有一片虛無。因此，在那個世界裡不存在矛盾、鬥爭和欲望。在那些不幸為日常、處處是厄運的地方，充滿抱有如此想法的人：「哪天要是他中了一萬韓元的樂透，反而自己會感到恐懼。『這種好運的終點，可能會帶來更大的災厄。』」（〈孤獨的義務〉）還有那些總有一天會受到同事尊敬（〈兒童心算王〉）的人，以及注視著人們淒涼背影的那些善良的人。他們全然接受自己前方的厄運並堅持下去，時而戰勝，時而逃避。然而尹成姬的小說沒有將小人物不幸的根源擴大到社會層面或是制度的問題上。

近代小說真正的主角是邊緣人，他們可以是與倫理背道而馳的人、罪犯或者瘋子，因為他們是觸犯禁忌、質疑正當性、動搖體制的「問題性的存在」。從唐吉軻德開始，這類人物譜系便數之不盡。與之相對的，尹成姬筆下的人物別具趣味。他們存在感稀薄，連「小說的主角」都稱不上，如果一定要賦予一個名稱的話，他們便是「邊緣人中的邊緣人」。這些人長得和某人相像，有著似曾相識的面容，甚至是像沒有影子的幽靈一般的存在。正因如此，「邊緣人中的邊緣人」所勾勒出的故事，應該要與世俗化的英雄旅程、通俗的浪漫故事，以及建構邊緣人的小說有所不同。而這正是尹成姬的小說僅僅只能「輕聲」與「小心翼翼」地講述他們故事的原因。

作為群體性事件的孤獨，與其背後暗藏的故事

首先，尹成姬的小說展現了經驗遭到破壞與沒收的時代。一九三三年，華特·班雅明（Walter Benjamin，一八九二——一九四〇）將近代診斷為「經驗貧乏」的時代，現代

人一板一眼的日常生活揭示了「經驗貧乏」的現象仍舊無所不在。〈那個男人的書，第198頁〉中的「女人」在圖書館工作八年之久，儘管在日常生活中也不是沒有瑣碎的事件，但她的人生大致上可以被概括為：

> 女人在晚上十點入睡，她下班回家之後，會花很多時間洗澡，一個月的水費往往超過五萬韓元。爲了節省生活開支，她把手機停用，每週打一次電話給母親，每個月用網路匯錢給還在念高普考的弟弟。（……）住在對面的男子搬走時送給她一台腳踏車，她每天就騎腳踏車上下班，大概要花四十幾分鐘。五點三十分下班後，她吃晚餐、看日日連續劇和新聞，轉眼間就到晚上十點。女人心不在焉地望著牆上的霉斑直到睡著。隔天早上五點，她分秒不差地睜開雙眼。（〈那個男人的書，第198頁〉，104頁）

〈有人在敲門〉當中，在市政府公園綠地科工作七年的「他」，以及〈在迴轉彎處埋下藏寶圖〉中，在旅行社工作五年的「我」的生活也是如此。「女人」透過一整天生活和解讀人們的表情來填滿空虛的生活。或許這正是現代人普遍的日常，在故事中找不到能夠被轉譯為「經驗」的事件。暢快、無趣、獨特、平凡、悲慘抑或是歡樂的瑣事都令他們在日常之中感到疲勞，而這其中也沒有任何一件事能夠成為他們個別的經驗。當然，這並非意味著如今記憶將不復存在，經驗是只發生在個體外部，由外在觀察到的某種事物而已[25]。

尹成姬筆下的人物時常對照片有深刻的執念，因為照片可以取代他們的直接經驗。〈那個男人的書，第198頁〉中的「女人」在圖書館裡度過一夜，只為了幫助「海鷗先生」尋找過世的愛人所留下的訊息。刻印在女人身心靈中的非日常經驗，透過拍立得照片化作「一起事件」，而後，女人以拍立得相機記錄人們的手掌，用照片填滿了整個房間。女人的男友收集日出與日落的照片，那些照片裡涵蓋著時時刻刻都在變化的故事。而女人則活在不變的日常生活中。因此，男友對她的生活感到厭煩並離她而去或許也是理所當然的。

當然，尹成姬小說裡的「照片」並非全部都是直接經驗的替代品。〈在那裡的，是你嗎？〉中，在燃燒的火花裡，照片中活生生的影像對「男人」耳語。「男人」為了聆聽那些故事而點燃照片、垃圾和被丟棄的帳單。雖然「男人」是個縱火犯，但是他之所以在渺小的物品上點燃火苗，絕非出於憤恨某天突然離開的父母，或是留下巨額債務後跑路的合

[25] Giorgio Agamben, *Infancy and History: The Destruction of Experience*, Trans. Liz Heron, Verso, 1993, pp.13-19

作夥伴。而是作為一名成年的「賣火柴的少年」，想要聽聽照片中自己的故事，那些絕望的故事。於此，照片讓人記住過往人生，是阻卻遺忘個人經驗的一種紀念品㉖。事實上，尹成姬的小說致力於修復個人經驗。因此從「經驗」的角度來說，本書的宗旨不在於呈現「本就如此」的經驗喪失時代，而是修復那些以「故事」的形式，被實驗、測量、數字與邏輯轉換放逐到世界背面的經驗。

在《用積木搭建的房子》（民音社，二〇〇一）中我們已經知道，尹成姬的小說展現了窮困、孤獨、疏離與貧乏。而本小說集所要強調的並非是與「螺絲卡在不上不下的位置，無法前進，也無法抽離」同樣的孤獨，而是他們變得孤獨的隱情。〈在迴轉彎處埋下藏寶圖〉的「我」、Q、W與逃家的女高中生因為各自不同的原因成為了孤獨的個體。「我」的母親、父親、照顧「我」的鍋巴嬤還有雙胞胎姐姐陸續死亡後，「我」就此孑然一身。「W」的母親成為知名演員前生下她，隨著母親變得越來越有名，「W」的存在也變得更加渺茫。外婆過世後，「W」也在真正意義上變成孑然一身。對他們來說，「孑然一身」意味著世界上已經沒有記住他們，或是需要他們記住的存在了。而認知到這個事實對他們而言比死亡還要令人感到恐懼。所以那些捲款潛逃或欠債跑路的人並非是他們埋怨的對象。總而言之，記憶是一種救贖的行為。

記憶與忘卻的機制是尹成姬構建小說內容的主體，但本書大致上不關注其運作原理，而是著重於消失在他人記憶中的自己，和從自己記憶中消失的某人。小說強調所謂的忘卻，才是最嚴厲的消亡、廢棄與象徵性的死亡。然而記憶的箭頭總會偏離靶心。對於孤獨，我們總是同時身兼受害者與加害者。那些被稱作「故事」的記憶、忘卻後帶來錯綜複雜的結局，以及孤獨的他們人生中所有的記憶而非隱瞞的故事，填滿了整本小說。於是，透過尹成姬的文筆，在經驗喪失的時代裡，個體的孤獨被修復為群體性事件。在諸如此類邊緣人群體的喧鬧聲與吶喊當中，現今的孤獨已成為社會上、文化上普遍存在的群體性現象。

餐桌共同體與自我憐憫

尹成姬小說中的人物總是透過食物情投意合。她們大多是女人，而且往往很肥胖。〈在迴轉彎處埋下藏寶圖〉的「我」、Q、W和逃家的女高中生在尋寶失敗後，賣水餃和拌麵一起生活；〈路〉當中的母親、我以及五位阿姨一起發牢騷、共享美食。〈鳳慈家

㉖ 約翰．伯格（John Berger），《影像的閱讀》，朴凡秀（音）譯，東文選出版社，pp74-93。

麵館〉裡的女人，在被裝載三百箱菜脯的貨車撞倒後，進到該公司工作。女人用「吃」來對抗P的死亡。最後，女人和鳳慈媽媽開了一間餐廳。尹成姬的小說裡沒有人會減肥，他們全都像「拉上拉鍊後，大腿處感到緊繃，接著她還必須深吸一口氣才能將鈕釦扣上」（159頁）一樣，依靠吃來填補內心的飢渴。這應該是出於對母性世界的寄望，因其讓人聯想到熱烘烘的廚房、守候在廚房的母親與滿溢的溫情。

儘管如此，尹成姬筆下的人物是否夢想以「姐妹情」（sisterhood）作為基礎締結新的連繫依舊是未知數。很顯然地，他們當中大多數人拒絕以「家庭」或「家」為象徵的定居生活。家庭對他們來說，是非得撫養照顧的義務、「沒意思」的生活和不放棄工作的藉口。孩子被父母拋棄，而由被孩子拋棄的鄰居奶奶照顧。他們不知道家人的居住地址，因為「家庭」只會喚醒過去喪失的回憶，所以他們離開家庭，脫離生活正軌。有時候他們把「桑拿房」當作住所，在暴雨淹過地下室後陷入幻想，想著「把房屋當作船在全國各地周遊感覺也很不錯」（50頁）。他們毫無契機地反覆聚散與離合。

然而，對於「邊緣人中的邊緣人」的未來，尹成姬的小說似乎還在摸索當中。因為情投意合的女人們就像〈路〉當中阿姨們的半夜逃跑，或是無聲無息地消失。當然，作者並不需要總結出一個或是多個結論。只是尹成姬筆下的人物仍舊受到自愛與自憐的束縛，這一點似乎與作者的摸索不無關係。〈遲暮少年〉中，出現了不具血緣關係的新形態家庭，但那卻不代表作者克服了伊底帕斯式的家庭。〈遲暮少年〉裡的「我」所受困的場景，是大雨天被遺留在公車站的自己。而帶走自己的女人，則是阻止「我」與家人見面的障礙。

〈兒童心算王〉中，作為臨時公務員的「男人」過著庸俗生活，他的人生在小時候得到「兒童心算王」稱號的那一刻就此停滯。在那之後，金碧輝煌的獎牌終將褪色，他的人生要是還剩下些什麼，也就僅剩追憶過去那段時光的強烈熱誠了。這也是為什麼在只能帶走貴重物品的時候，他會選擇拿起掛在牆上的那面獎牌；也是為什麼幫他取名「兒童心算王」的主持人過世後，他要戴上黑色領帶上班。父親失蹤和母親半夜逃走都不會帶給他們心理上的動搖，相反地，朋友的死亡則徹底改變他們的人生，這也是出於同樣的原因。如同〈慢走，後會有期〉中H、O、K和W一樣，她們是彼此的鏡子，從彼此身上看見自己的映像。也許對消失的事物、地方與存在憐憫，是她們自我憐憫的擴張。

有人敲響了他的心扉，令他一瞥自己的內心，忘卻過去三十年來，多麼深沉的孤寂。

（〈有人在敲門〉，72頁）

他對著無聲無息的電話自語道：「我從來都沒有感到幸福過，所以現在開始我只想做會讓自己幸福的事。」（〈鳳慈家麵館〉，150頁）

由此看來，尹成姬小說的人物真正尋找的聲音可能並不來自他人，而是自己的故事。他們透過他者的孤獨確認自我的孤獨，但也僅只於此。〈在那裡的，是你嗎？〉裡的他們，為了縱火犯把電話帳單之類的紙張丟在巷口的女人，以及循著那些紙張，最終與女人見面的男人，撫慰彼此的痛苦與絕望，然而他們絕對不是浪漫的戀愛關係，而是短暫地在同一類人身上感受到同伴意識而已。他們依然很孤獨。欲望，依照黑格爾的話來說，是他者的欲望，是想要得到他者認可的欲望。由此可知，尹成姬的小說中不存在欲望，因為小說中沒有任何一個人物與他者建立關係。他們將自己雪藏的孤獨與絕望「用過去來表達」。他們仍然畏懼與他人有所連結，似乎是因為時間還不足以瀟灑地撫平他們過去的悲痛。

很顯然，宣告他們以食物為契機成為「餐桌共同體」還言之過早。儘管如此，他們針對各自孤獨與絕望的處理方式，確實出現了某種變化的跡象。或許可以視為作者探索出一個解決方案，而該解決方案頗具色彩：他們透過名為「幽默」的自我分裂[27]力量去培養內在，讓自身不沉浸於自我憐憫。他們將孤獨與絕望、疏離與喪失的經驗扭轉成幽默，讓這股輕快的反動為小說注入活力。

從可以自己洗澡的年紀開始，我就自己洗自己的碗盤和衣服，因爲這樣我還得到學校頒發的「好孩子獎」。（〈路〉，134頁）

妹妹自從聽到父親生病之後就常常哭泣。我收看了所有綜藝節目，模仿那些喜劇演員的搞笑行爲。妹妹一整天不說話，但她看到我這樣也會笑出聲來。（……）多虧有妹妹，我能模仿所有喜劇演員的聲音，包括具鳳書和金亨坤。在學校總是擔任康樂股長。（〈孤獨的義務〉，172頁）

牛奶盒上也有失蹤兒童的照片。他每天喝一杯牛奶，喝之前會仔細瞧瞧盒子上兒童的面貌，不過始終沒看到和自己長得像的孩子，反而自己長高了。幾年後，他變成同輩中最高的孩子。多虧有喝牛奶。（〈遲暮少年〉，206頁）

就像〈有人在敲門〉的「他」，原本計畫週末去玩飛行傘，但後來被說服（或被欺騙）腳踏車比較安全，所以騎腳踏車。尹成姬筆下大部分的人物都將自身的孤獨與痛苦相

㉗自我分裂（自我二重化），非指「人格分裂」或「解離性身分障礙」一類的心理疾病，而是指一種「自我的內在分化」。在幽默的心理機制中，我們透過幽默調節情緒，使自我以超然的距離看待自身的處境。由此可以得知，此處的自我分裂並非是將自我分裂為二元對立的心理機制，而是一種處理內在衝突的力量。

對化，以此來逃避絕望。此外，他們掌握了自我分裂的能力，將內心的感情客觀化，進而獲得某種高貴的精神姿態。這樣的姿態乃是透過沉穩而充滿愛意的眼神來看待包括自己在內的對象所得到的。他們能夠培養同時屬於自己與他者的力量㉘，創造自己內心可容納他者的空間。凝聚自我分裂的力量後，他們不會隨意地用來封鎖或哀悼自己的嘆息與痛哭流涕。那股力量讓他們至少能夠品嘗與認知到自身無法超越的條件。如果是這樣的話，這可以說是專屬於小人物們最適切應對絕望的對策。

撫慰的文學，「信不信由你的世界」

他喝一口汽水之後打了聲嗝。我從來沒有在別人面前打嗝過。給妳，喝完試一次看看。Q遞來他喝過的汽水。我把汽水整瓶喝光，然後打了一個很長很長的嗝，眞涼快。坐在前排的男人往後看了看我。我和Q成爲了朋友。（〈在迴轉彎處埋下藏寶圖〉，22頁）

「這輩子也會就這麼過去的啦！」女人笑出來，工讀生也跟著笑了。女人笑著笑著頓覺自己輕快的笑聲異常生疏，於是遲疑了一下。我的笑聲是這樣嗎？她腦中的思緒一

掠而過，而後便扠著腰笑得更加豪放。（〈那個男人的書，第198頁〉，117頁）

O撥通公司電話，大吼道：「你一次都沒問過我是不是有哪裡不舒服，沒心沒肺的傢伙！」宣洩過後，O離開了任職七年之久的公司。掛掉電話後，O仍然拿著話筒罵個不停。她好像知道爲什麼人要罵髒話了。糾結在心坎裡某塊沉重的物體正往肚臍下方陷落，O跑到洗手間暢快地排泄，困擾她十幾年的消化不良和便祕在一瞬間排解。她感到飢腸轆轆，坐在馬桶上猛地握緊雙拳。是呀！總得吃點東西！

（……）於是O不得已進到眼前所見的每一棟建築物裡尋找廁所。沒有任何能進去的洗手間，每每遇到洗手間關著門，她便會朝門口吐口水並大罵髒話道：開一下門是會死嗎？當她終於找到開著門的洗手間，隨即高興地哼起了歌。O再次暢快地排泄。一天上兩次，根本是奇蹟啊！她一邊擦手，一邊自語道。（〈慢走，後會有期〉，223頁）

㉘柄谷行人，《作為幽默的唯物論》，李慶勳（音）譯，文化科學出版社，2002，pp125-132。

尹成姬小說中的另一個特點，便是出現了不受禮節與生活規範約束的人物。當然，這並非是在實現巴赫汀式不存在界限的狂歡節自由理論。在小人物的世界裡，不存在以「父親」名稱來命名的禁忌，以法律與道德為名的紀律早已根深蒂固，被他們劃入私人的範疇。儘管如此，小人物們仍然讓小說從莊嚴與虔誠的世界向他們的世界邁進一步。更重要的是，作者從莊嚴與虔誠中擺脫意識，向「信不信由你」的世界奔去。市裡建造的公園裡，種植了可以摘下嫩葉來吃的樹，也有果實可以製成染料的樹。名字叫做「呼吸的物品」的二手商店裡，那些刻印著故事的物品竊竊私語（〈有人在敲門〉）。在圖書館的閱覽室地板上裝設可以讓人坐著和躺著看書的沙發，在陽台和庭院都放了讓人坐著看書的椅子（〈那個男人的書，第１９８頁〉）。《用積木搭建的房子》中所展現的奇幻想像力被幻想的色彩所替代，使故事變得更加輕快。

尹成姬小說的最終目標是去傾聽那些孤獨者所隱瞞的故事，講述那些將自身絕望幽默化的小人物，為我們時代裡「邊緣人中的邊緣人」提供慰藉。〈孤獨的義務〉中，為了結交不需要參加婚禮和周歲宴會的朋友，而加入網路同好會。就像「生於愚人節的人們」一樣，尹成姬的小說意圖使小人物成為彼此的安慰，並藉安慰的溫情感染讀者。「無數個謊言般的故事」是撫慰彼此的手段與方法。「那些故事本身，並沒有人關心是真是假。」生於愚人節的人生日真的是四月一日嗎？我們不能詢問是否屬實。因為那是進入小人物世界所務必遵守的「第一條規則」。

小人物的世界稍微扭曲了現實的原理。雖然那個世界邏輯自洽，但顯然是在提供象徵性的經驗去滿足性衝動的願望。要是小人物的世界仿照現實世界，會在現實邏輯上產生裂縫，讓經驗的爆發力更加強大，使小人物的世界更趨近於烏托邦。但無論如何，尹成姬的小說對那些在我們這充滿不幸與災厄、苦痛與絕望時代裡咬牙堅持的「邊緣人中的邊緣人」、「低聲而溫馨地」輕語。「只是一想到自己有吃飽，那份淒涼便稍微淡去。『這就是為什麼人要吃飯吧。』」所以我們一定要吃飽飯，打起精神，然後好好活下去……好好地，活下去……

作者的話

下午四點到五點之間，旅行到遠方城市的朋友寄來了一張明信片。朋友說，有一家餐廳的年輕廚師長得很帥，她每天都去那裡解決三餐；還去了附近的遊樂園坐雲霄飛車大聲尖叫；也在路邊撿起地上的傳單反覆閱讀；還發現一家帽子店，想把店裡的帽子全都買下來。但……還是……很沒意思。

凌晨三點到四點之間，有人在我家窗戶底下打電話。「對不起。」然後一聲長嘆。路燈忽然閃爍。「知道了，現在回家吧。」路燈代替我回答。我敲了敲老舊的筆記型電腦。過了一會兒，電腦自動開啟。我對它說：「一直陪伴著我，謝謝你。」

那些人給了我過多的愛，我曾經總想著要離開。而我現在會站在這裡，等待他們離我而去，等到我所站立的地方，變成斷崖。

我想要成為惜字如金的人。

二〇〇四年十月

尹成姬

智慧田 124

在那裡的，是你嗎？

填回函雙重禮
① 立即送購書優惠券
② 抽獎小禮物

作者－尹成姬
譯者－王柏逸
出版者－大田出版有限公司
台北市一〇四四五中山北路二段二十六巷二號二樓
E-mail－titan@morningstar.com.tw http://www.titan3.com.tw
編輯部專線－（02）2562-1383 傳真：（02）2581-8761
總編輯－莊培園
副總編輯－蔡鳳儀
行銷企劃－張采軒
行政編輯－顏子容
校對－黃薇霓／黃素芬
內頁美術－張湘華
初刷－二〇二五年九月十二日 定價：三九〇元
網路書店－http://www.morningstar.com.tw（晨星網路書店）
TEL：04-23595819 FAX：04-23595493
購書Email－service@morningstar.com.tw
讀者專線－04-23595819 #230
郵政劃撥－15060393
印刷－上好印刷股份有限公司
國際書碼－978-986-179-958-2 CIP：862.57/114008521

國家圖書館出版品預行編目資料

在那裡的，是你嗎？／尹成姬 著；王柏逸 譯.
——初版——台北市：大田，2025.09
面；公分.——（智慧田；124）

ISBN 978-986-179-958-2（平裝）

862.57　　114008521

This book is published with the supper of the
Literature Translation Institute of Korea（LTI Korea）